U0087984

小說新賞

楊家將演義

原著　明·紀振倫
編寫　子　衫

三民書局

主編的話

在經典故事中成長

　　我常常思索著，我是怎麼成了一個說故事的人？

　　有一段我已經忘卻的記憶，那是一個沒有什麼像樣娛樂的年代，大人們忙著養家活口或整理家務，大部分的孩子都是自己尋找樂趣，妹妹告訴我，她們是在我說的故事中度過童年的。我常一手牽著小妹，一手牽著大妹，走到家附近那廢棄的老宅前，老宅大而陰森，厚重而斑駁的木門前有一座石階，連接木門和石階的磚牆都已傾頹，只有那座石階安好，作為一個講臺恰到好處。妹妹席地而坐，我站上石階，像天方夜譚般開始一千零一夜的故事。

　　記憶中的小時候，我是個木訥寡言的人，所以當小妹說起這段過去時，我露出不可思議的神情，懷疑她說的是另一個人的事。雖然如此，我卻記得我是如何開始寫故事的。那是專三的暑假，對所有要上大學的人來說，這個暑假是很特別的假期，彷彿過了這個暑假就從青少年走入成年。放暑假的第一天，我從北部帶著紅樓夢返家，想說漫長的暑假適合讀平日零碎時間不能完整閱讀的大部頭。當我花了兩個星期沒日沒夜看完紅樓夢，還沒從寶黛沒有快樂結局的悲悽愛情氛圍中脫身，突然萌生說故事的衝動，便在酷暑時節，窩在通鋪式的臥房，以摺疊成山的棉被權充書桌，幾個下午就完成我的第一篇短篇小說、我說的第一個故事。寫完時全身汗水淋漓，用鉛筆寫的草稿也被手汗沾得處處字跡模糊，不過我不擔心，所有的文字都在我腦海中，無需辨認。之後我又花了幾天把草稿謄在稿紙上，投寄到台灣日報副刊，當那個訴說青春少女和遲暮老人忘年情誼的小說變成鉛字出現在報紙副刊，我知道我喜歡說故事、可以說故事，於是寫了一篇又一篇的小說，直到今天。

　　原來是經典小說帶領我走入說故事的行列，這段記憶我始終記

得，也很希望在童年時代還耐不下性子閱讀原典的孩子們，能和我一樣在經典故事中成長。

　　雖然市場上重新編寫經典小說的作品很多，但對我這個有兩個少年階段孩子的母親來說，卻總覺得找不到適合的版本，不是太簡單，就是太難，要不然就是刪節得不好，文字不夠精確等等，我們看到了這當中的成長空間，於是計畫進行一套經典小說的改寫版本。

　　首先我們先確定了方向，保留較多文學性，讓這套書適合大孩子閱讀；但也因為如此，讓我們在邀請撰稿者方面碰到不少困難。幸好有宇文正、石德華、許榮哲等作家朋友們願意加入，加上三民書局之前「世紀人物 100」的傳記書系列，也出現了不少有文采、有功力的寫作者，讓這套書可以順利進行。對於文字創作者來說，創意是珍貴的資產，但改寫工作就像化妝師，被要求照著一張照片化妝，不能一模一樣，又不能不一樣，一些作者告訴我，他們在撰寫這系列的書時，常常因為想寫的和原著不太一樣而卡住，三民書局的編輯也常常要幫著作者把寫作節奏拉回來，好幾本書稿都是初稿完成後，又大幅刪修，甚至全部重寫。辛苦的代價便是呈現在讀者面前的這套書——文字流暢、故事生動，既有原典的精華，又有作者的創意調拌，加上全彩印刷、配圖精美。這是我為我的孩子選擇的一套書，作為他們告別青春期的最佳禮物，希望能和天下的學子、家長們分享，也期待這套「大部頭的套書」，經過作家們巧妙的改寫、賦予新生命後，保留了經典的精神，又比文言白話交雜的原典更加容易親近，讓喜歡聽故事、讀故事的孩子，長大後也能說故事、寫故事，於是中國經典文學的精華就能這麼一代一代傳誦下去。

林黛嫚

三腳貓功夫上戰場

　　什麼？要我來寫這既忠又義的書給小朋友看？編輯是不是腦袋「秀斗」了？不過，想想也從來沒寫過這般正經嚴肅的題材，是個挑戰！好！我來試試！

　　打開原著小說楊家將演義。嘩！雖然大學念的是中文系，但是後來到美國念了國際行銷傳播與廣告，算算大概有八百年沒有碰「文言文」了吧！這些方塊字在眼前晃呀晃的，實在令人頭痛。還好大學念得認真，中文底子還可以，慢慢的從一天讀不到幾頁小說，進步到不敢說「一目十行」，至少可以「一目了然」，越讀越讀出趣味來，也對楊家將的故事有更深的認識與感動。當然也有我不認同的地方啦！不過這些地方身為讀者的你都看不到了！因為身為作者的我就是有這般權力（權利）將它們都略過。想知道哪些地方被我略過，你就得認真一點把「導讀」看完喔！

　　嗯！看完了，選定了要強調鋪寫的主要人物、主旨等等，最讓我苦惱的是要用什麼樣的筆調來說這個故事呢？KUSO搞笑，好像與「楊家將」畫不上等號；灑狗血的感情戲我又不太會演；教忠教孝好像又太說教，誰喜歡看啊？好吧！只好讓我這三腳貓功夫上戰場囉！如果有武林高手看到我破綻百出的功夫招式，還請包涵包涵！賜教賜教！當然啦！為了避免三腳貓的功夫被識破，偶爾也得演演內心戲，偶爾也得說說教條，但是應該還不至於讓人覺得矯情，或是聽得惹厭。

　　寫作的過程中，最令我痛苦的是：有靈感時，沒有完整的時間讓我宣洩橫流滿腔的故事，以至於在夢中完成了幾個章節後，醒來發現檔案中的字數仍停留在原地。沒靈感時，卻常常有一整個下午或是晚上坐在電腦桌前，咬著指甲，對著書發呆，結果還是一樣，

字數原地踏步。還好，這麼一千兩千字的寫，竟也寫完了！

終於，這本書完‧成‧了！

（換個感性的口吻）這本書能順利完成，首先得感謝編輯「慧眼識英雄」，這英雄當然不是作者我，是「楊家將」！楊家將的故事流傳非常的廣，許多戲劇、電視劇都曾取材，而楊家將演義是部值得一讀的好小說。選擇這部小說來改寫，讓我重新認識「忠孝節義」這四個字。

其次，真得感謝我那幾個「武功高強」的朋友，雖已步入「中廣」的境界，仍然寶刀未老，實地操演了一套楊家槍給我「開眼界」，讓我在描寫武打場面時可以作為參考。

最後當然得感謝讀者你啦！謝謝你願意拿起這本書來看，表示「楊家將」的故事還是有吸引力。如果你有看到我在感謝你，那就更感謝啦！表示你還願意聽我廢話。若是你願意看完了整本書，甚至願意和我分享你的閱讀心得，或指正我的錯誤，我真的五體投地的對你說謝謝、謝謝。

在這篇胡言亂語的「作者的話」之後，請容我戴上嚴肅的面具，寫下「導讀」供讀者參考，以免在風格有巨大落差的「作者的話」和「正文」間，造成讀者你的困惑，或是被我這搞怪的作者搞瘋，但是請你記得在這面具的後面，我正做著鬼臉呢！

子衫

楊家將演義

目次

導讀

在講楊家將演義前，先說一段宋朝的歷史。宋朝開國之君趙匡胤出身軍人世家，原在北漢樞密使郭威的麾下，後來郭威稱帝，建立北周，趙匡胤也順理成章的在北周朝中任官。北周恭帝即位時，年僅八歲，當時趙匡胤實握有大權，恭帝即位後第二年，趙匡胤以契丹與北漢聯合大舉南侵為由，領兵出征，暗中與諸將密謀兵變。大軍來到陳橋驛時，發動兵變，他授意士兵為他黃袍加身，擁立他為皇帝。陳橋兵變後，趙匡胤旋即率軍返回首都，禁止軍士燒殺擄掠，在沒有太激烈的抗爭下，趙匡胤接受北周恭帝的「禪讓」，接任王位，改國號為宋，定都開封。

有鑑於唐朝藩鎮割據導致滅亡的教訓、五代軍人擁立將帥之風，以及自己黃袍加身的經驗，趙匡胤稱帝後，第一要務便是削弱大將們的勢力。他以「杯酒釋兵權」的巧妙方式，削奪了武官的權力，從此加強中央集權，重文輕武就成為宋朝的政治基調，導致宋朝軍事力量不足，與外族的征戰多半以敗仗收場。因此當出現像楊家將這般驍勇善戰、公忠體國的武將時，正符合當時人民心中的期待，他們的事蹟也就特別在口耳相傳中流傳下來。北宋歐陽修在楊使君墓志銘中提到楊家：「父子皆為名將，其智勇號稱無敵，至今天下之士，至於里兒野豎，皆能道之。」由此可知，楊家將的故事早在歐陽修的時候就已普遍流傳在街頭巷尾了。

宋朝「說話」盛行。所謂「說話」，是一種流行於唐宋時期的說唱藝術，以講說歷史故事為主，楊家將的故事自然成為說話的最好題材。楊家將的故事在宋元以後，更多的被搬上舞臺，像是謝金吾詐拆清風府、八大王開詔救孤忠等，劇情都已非常曲折複雜。到了明朝，長篇小說逐漸繁盛，因此把片段的戲曲故事匯成一編的小說，也終於在明朝萬曆年間出現了。

今天我們能見到最早的楊家將小說版本有兩種，一種叫北宋志

傳，一種就是楊家將演義了。

北宋志傳有十卷五十回，前十五回寫呼延贊的故事，第十六回以後才是楊家將的故事。現存最早的版本是明朝萬曆二十一年（西元 1593 年）的本子，但有學者考證，這部書雖然現存版本比楊家將演義早，但是從回目和內容看來，卻像是從楊家將演義改編的。

楊家將演義現存最早的刻本是明朝萬曆三十四年（西元 1606 年）刊本，作者是紀振倫。紀振倫，字春華，號秦淮墨客，是明朝中後期的戲曲家，生卒年不詳，他編寫、修改的戲曲很多，現存的傳奇還有好幾部。

而我這個改寫的版本主要依據三民書局出版、由楊子堅校注、葉經柱校閱的楊家將演義一書。校注者是以明朝萬曆三十四年初刊，清朝嘉慶十四年書葉堂重刊本為底本，選擇較難的字詞做注解，在校注的過程中尊重原著，不任意改字，所以比較接近原著。

楊家將演義共有五十八回，故事從楊繼業（楊令公）降宋開始，保駕禦遼，驍勇善戰，最終卻被潘仁美陷害，在狼牙谷撞李陵碑而死。而楊家長子淵平、二郎延廣、三郎延慶，皆死於戰場；楊四郎被遼兵所擒，在異地忍辱偷生十八年，後來在遼國暗助宋朝破幽州；楊五郎出家逃難；楊七郎遭潘仁美設計陷害，遭亂箭射死。至此，楊家僅存楊六郎一脈，雖屢遭小人陷害，甚至險喪性命，仍不改忠貞門風。其後，楊宗保、楊文廣承續祖先餘烈，為大宋江山拋頭顱、灑熱血。最後，楊懷玉因不堪奸臣凌辱與殘害，舉家歸隱太行，躬耕田野，結束了楊家忠義的故

事。

　　除了楊家男將外，小說中還描寫了不少楊門女將不讓鬚眉的故事。如：八娘、九妹、穆桂英、宣娘等。另外還側寫了楊家將的部屬如孟良、焦贊等人，雖原是綠林中人，卻受楊六郎感召，改邪歸正一同禦敵抗遼，建立許多功勳。這些人物的形象都在小說家的筆下鮮活了起來。

　　當然以歷史為背景所創造出來的小說，多少反映了當時的社會狀況，也就是宋朝「重文輕武」的政策下，武官常受文官的掣肘與陷害，從潘仁美、王侁、王欽、謝金吾、狄青以及張茂，皆無所不用其極的想打倒楊家將。楊繼業、楊七郎死於潘仁美之手，楊六郎被逼東躲西藏，甚至楊文廣差點被抄家，所幸有一些忠義之士的鼎力支持，稍稍打擊了那些殘害忠良的奸臣，一快人心。其中代表人物有八大王、寇準等人。

　　楊家將演義雖是以歷史為基礎演述了楊家將的史蹟，卻描寫了更多虛構的事件和人物。宋史列傳第三十一中記錄了楊業（小說中的楊繼業）、楊延昭（楊六郎）、楊文廣祖孫三代的事蹟，著墨並不多。而小說中卻在楊延昭與楊文廣中間加入了楊宗保的角色，在楊文廣之後更鋪寫了楊懷玉。正史中楊延昭、楊文廣的父子關係，在小說裡卻成了祖孫關係。正史中的楊業率部眾血戰陳家谷，重傷被擒，絕食三日而死；來到小說裡卻是充滿戲劇張力的被困狼牙谷，頭撞李陵碑而死。

　　另外，楊四郎被擒至遼國娶瓊娥公主、楊五郎五臺山出家都是於史無徵。而小說中漢鍾離與呂洞賓二仙鬥陣、楊文廣化鶴、宣娘煉出鬼王丹等牽涉到神怪的部分，更是小說家豐富想像下的產物。

小說家的這些創作，說明了這是一部典型的英雄傳奇小說，而不是歷史演義。但也正是因為這是一部傳奇小說，不受真人真事的侷限，虛構的空間大，吸收民間口頭傳聞較多，故事也就更生動有趣，當然就比正史更吸引讀者的目光了。

從寫作藝術上看，這部不到二十萬字的小說，描寫了楊家五代、一百多年的事，事件繁雜，但卻能集中焦點，情節交代有條不紊。有些地方人物的刻畫突出，敘述生動傳神，例如楊六郎私下三關，特別交代岳勝別讓焦贊知道，就怕魯莽的他惹事，沒想到卻被焦贊半途攔截，一開口就問楊六郎：「將軍為何吩咐莫與焦贊知之？」當楊六郎責備他擅離職守該當何罪時，他竟笑著反問楊六郎為何也私離軍伍，還半帶威脅的要求楊六郎要帶他到京城一遊，否則就要傳揚楊六郎私下三關的事，草莽的個性在短短的幾句對話中，表露無遺。配角人物都如此鮮活了，更遑論本書的主角了。

楊家將演義的故事和人物到了清代大量改編為戲曲，比如大家耳熟能詳的李陵碑、四郎探母等，直到今日，還可見電視、電影改編的楊家將故事，只是為了劇情需要，情節與小說或多或少有些出入。當然，我的這個改寫版本也有一些與小說不同的地方。

首先，原書共有五十八回，敘述楊繼業—楊六郎—楊宗保—楊文廣—楊懷玉五代的故事，這個改寫版本（姑且稱為「新版本」）主要集中描寫楊繼業、楊六郎兩代，附提楊家女將令婆、八娘、九妹，約到原著的第三十八回。除了因為出版社給的字數限制外，還因為「子不語：怪力亂神」！所以個人覺得比較神怪的情節不是輕輕帶過，就是省略不寫。

其次，為了故事軸線不被其他旁枝影響，所以原書第十五、十六回以及第三十九回，有關孟良帶馬回三關、計賺八大王寶馬以及孟良、焦贊入遼取令公骸骨的部分，也得忍痛割捨。這個部分對於孟良、焦贊兩人的形象描述非常精采。如果你有興趣可以找原書來看看。

　　第三，新版本在人物的心理活動上有較多的著墨，這是原著缺乏的地方。雖然楊令公、楊六郎離我們已經有千年的時間，但是相信人類共通的情感，是不會因為時間而有太大改變的。因此，我就「大膽」的猜測他們心裡的想法，「小心」的化為文字，反覆讀了又讀，覺得合理才放心。畢竟，我可是要對讀者負責任的呢！

　　第四，原著中並沒有提到「四郎探母」的這個經典橋段，但是取材自楊家將演義的戲劇節目流傳很廣，大家對這情節也都耳熟能詳，再加上為了新版本改寫小說的需要，就借用了四郎探母的橋段。不過並不是全然採用戲劇情節，將重點放在親情上，而是多加鋪寫了四郎與遼國公主之間的衝突，接著讓四郎回到中原探母，並解開一個謎題。（看到這兒如果讀者你還是覺得一頭霧水，別急，看完全書，你就會恍然大悟！我可不想在導讀就先破梗，影響你的閱讀興趣呢！）

　　原著中美化太祖、太宗的部分，為了讓楊家將的忠義行徑合理化（比較容易被讀者理解與接受），所以新版本也大致依照原著，但更多在強調八大王對楊家的情深意重；另外，新版本的人名全部依照原著，與正史記載或有出入，這也是必須先說明的。

　　或許有人會質疑楊家將所謂的「忠孝節義」是否不合時宜了？或許以現代新新人類的眼光來看，是有那麼一點令人不解，為什麼他們只因為「知遇之恩」或是「不殺之恩」之類很籠統的原因，就要為君主賣命？但是請先理解這小說是幾百年前的產物，難免會有與現在觀念不同的「歷史包袱」。但是如果將這些「忠孝節義」的

道理比喻成虔誠的信仰，這樣是不是就容易懂了？

　　新版本雖然已經削弱了教忠教孝的意味，但是無法改變原著的基調，所以如果你還是不喜歡，不妨換個角度、換個輕鬆的心情，看一個好人與壞人交鋒、不太武俠的小說。

　　（說了這麼多，我臉上的面具已經快戴不住了，先躲起來囉！）

子　衫

　　國立中山大學中文系學士，美國波士頓愛默生學院 (Emerson College) 國際行銷傳播與廣告碩士，現任廣告公司副創意總監。成天舞文弄墨，玩文字遊戲。喜歡看書、爬山、看電影、攝影，更喜歡挑戰自己。

楊家將演義

一第一章 沙場交鋒

　　江南已是春暖花開的三月，北方卻還是透著寒意，草木枯黃，沒有一點生機。

　　沙場上。

　　黃沙漫漫，鋪天蓋地而來，大宋十萬士兵不由得瞇起了眼，握緊戰戟，站穩腳跟；三十六員大將輕皺眉頭，拉緊韁繩；幾個人用力穩住一把繡龍黃羅傘，不敢有所閃失；而傘下的宋太祖趙匡胤，跨坐在騰雲赤龍駒上，像座雕像一樣，沒有絲毫動搖。

　　從飛揚的黃沙中，他看見北漢國君劉鈞頭上的日月鳳翅盔迎風搖動，左右兩側各有十五名大將，各個英姿挺拔。他左右張望，忽然一道如箭矢般銳利的目光向他射來，往那方向看去，忍不住心中一驚，閃過絲絲不安，卻也不禁讚嘆：「好一個威風凜凜的先鋒！」

　　想當初趙匡胤跟隨北周世宗南征北討，時常建立大功。世宗駕崩後，幼子才七歲就登基為帝，是為恭帝。趙匡胤身為前朝大老，功勳彪炳，因此為官之路

順遂，朝中官員對他心悅誠服。劉鈞心想北周皇帝年幼，又才剛剛繼位，國內人心必定十分不安，所以與大遼聯合，侵犯中原。趙匡胤率軍前去抵禦，駐紮在陳橋時，眾將士竟然拿出一件黃袍硬是披在他的身上，要他成為天子，逼迫小皇帝禪讓*，他不得已只好接受。今天征討逆賊，對他來說不過是家常便飯罷了！他已經是征戰沙場多年的老將，此刻內心怎會這麼不安？

　　況且太祖這次親征，駐紮董澤已有數日，前幾天派去查探太原的人早就返回，還獻上了詳細的地形圖。從各方情報得知，可以攻取白坂河的弱點，是左右兩側的大汀淵、雞籠山。而三路伏兵也早已安排好，這一戰，他有十分把握可以得勝。那麼，心中那股不安究竟從何而來？

　　他想起那日，劉鈞派人來下戰書，使者何延廣雖然年紀輕，但態度不卑不亢、無畏無懼，實在難能可貴。原本以為敵軍只不過是一群有勇無謀的烏合之眾，看見何延廣不凡氣度，讓他不禁猜測，難道是有謀士為劉鈞策劃？

---

*禪讓：將王位讓給賢能的人。

抹去心中不安，<u>太祖</u>看看左右，<u>潘仁美</u>、<u>石守信</u>、<u>王審琦</u>、<u>党進</u>等三十六名大將，一字排開，威風凜凜；身後軍容壯盛，氣勢如虹。<u>太祖</u>信心大增，心想：「<u>太原</u>不過是一個小小的地方，攻破有什麼困難的？伏兵早已就定位，阻斷敵軍退路，我親自領兵從正面攻打，<u>北漢</u>進退無路，這場仗，我<u>大宋</u>必得勝！」

風吹雲動，太陽從雲縫露出頭來，映照著<u>太祖</u>龍袍上繡的雙龍，閃閃發出金光，好像要乘風升天一樣；騰雲赤龍駒噴著鼻息，馬蹄不停刨地，彷彿就要奔騰而出；身後軍旗隨風揚起斗大的「趙」字，讓人無法忽視。<u>太祖</u>拍去落在身上的塵土，交代左右不可放冷箭後，策馬向前與<u>劉鈞</u>談話。

<u>太祖</u>先發制人的說：「<u>劉鈞</u>，你占據<u>太原</u>，竟然還敢前來挑釁！如果你安分守己的待在<u>太原</u>也就算了，沒想到你竟然圖謀不軌，想要進攻中原？今天我就來平息禍亂，解救百姓，安定天下。你如果識時務，就趕緊束手就擒，我免去你與<u>北漢</u>軍士的死罪；若你執迷不悟，想與我軍決戰的話，我軍一定不會手下留情，殺得你片甲不留。是降是戰，是生是死，你快做決定吧！」

<u>劉鈞</u>不甘示弱的說：「自從<u>夏商周</u>三代以來，只有

漢高祖推翻暴秦，得到天下才是正統，誰敢說漢高祖不對？而我繼承漢室正統，守在太原，不過是守護祖先的功業，就算我前去攻打其他城鎮，也只是取回漢室原有的領地罷了。哪像你欺負孤兒寡母，從年幼的小皇帝與太后手中得到天下？你不想想自己，反倒是怪起我來，這也太可笑了吧？」劉鈞說的話，句句字字刺中太祖的心，立刻引燃他滿腔怒火。

太祖話不多說，轉身回到軍隊，大吼：「誰可以為我擒拿那逆賊？」左右二名大將應聲，提刀策馬朝敵方而去，劉軍營中也有兩名將領接戰。四人大戰數十回合，不分勝負。太祖趕緊施放信砲，親自出戰。宋軍將士聲勢浩大，勇往直前；劉軍將士精神抖擻，奮勇殺敵，戰場上殺聲四起，沙塵飛揚。

太祖手提大刀，腳跨騰雲赤龍駒，殺入敵軍中陣。馬蹄達達，威聲赫赫，氣勢逼人，一路斬殺敵軍，如入無人之境。一名劉軍先鋒見己軍士兵被殺得七零八落，心想：「擒賊先擒王。」便奮勇朝太祖斬殺而來；太祖目光如炬，右手舉刀，大喝一

楊家將演義

聲，嚇退一群小兵，直與那名北漢先鋒短兵相接，兩人交戰三四十回合，仍不分勝負。

太祖見對方使槍沒有最初對戰時迅猛，想必是已經體力耗盡，趁對方一時疏忽，揮刀一劈，只差毫髮便命中要害。那名先鋒見情勢不利，掉馬回頭，太祖乘勝追擊，沒想到竟被團團圍住，此時才明白原來對方是詐敗，引誘他掉入陷阱。一時，伏兵湧至，大聲喊叫：「先鋒射死宋主！」劉軍先鋒彎弓搭箭，朝太祖心口射去，眼看太祖就要命喪箭下，騰雲赤龍駒昂頭跳起，咬住來箭，卻將太祖摔落在地，顯得十分狼狽。

戰場上絕不容許有任何差錯！太祖急著要起身，卻見利槍刺來，還來不及眨眼，橫來一槍，硬是擋掉排山倒海而來的殺氣。原來是潘仁美趕到救駕！太祖翻身上馬，朝宋軍方向急奔，回頭一望卻看見潘仁美已中槍落馬。那名劉軍先鋒拋下潘仁美，朝太祖直追而來，兩人之間只有幾步距離。

劉軍先鋒雙腿夾住馬腹，空出雙手，一手取下背上的弓，一手搭上雙勾翎尾箭，強而有力的臂膀，將弓拉成一個圓，目光如鷹的瞄準太祖！危急之際，忽然聽到劉軍鳴金收兵，那先鋒不得不勒馬收弓，無功而返。太祖這才有機會稍微喘口氣，返回宋軍後，也

下令收兵。

太祖命人清點損傷情形，沒想到竟折損一萬士兵！太祖心痛極了，又看見潘仁美身中數十槍，忍不住深深嘆息：「這一戰損傷慘重，都是朕輕敵所致！」接著對潘仁美說：「愛卿你奮勇救駕，朕非常感動！如今你身受重傷，不如先返回京城，等大勝之後，朕再好好賞賜你。」

潘仁美上奏：「陛下，臣只是受了點小傷，沒有大礙，請讓臣留在陛下身邊效力。」

太祖說：「愛卿已經受傷，朕又怎麼忍心讓你帶傷打仗呢？你就先回去養傷吧！」

還沒立下功勞，就得帶傷退出戰場，潘仁美雖然心有不甘，卻無法抗旨，只好悶悶不樂的回答：「臣遵旨。」

太祖轉頭問道：「埋伏於白坂河的三路軍兵，當時怎麼一個人都沒出現？」

三路伏軍將領垂頭喪氣的回報：「我們埋伏在白坂河，看到陛下信砲一響，正要奮勇殺出時，沒想到劉軍早就安排好埋伏在那邊。我們和劉軍勢均力敵，偏偏中路軍遇到一個女將，十分勇猛。我們兩路包夾，那女將竟然一點都不害怕，沒多久敵方援軍到來，我

們寡不敵眾，打了敗仗，因此無法及時援助陛下，還請陛下降罪。」

太祖聽完之後，大吃一驚，說：「先不提賞罰的事情。劉軍竟然知道白坂河有埋伏？朕原本以為劉軍沒有謀士，但是從今天一戰看來，這個人用兵如神，簡直可以比擬孫臏、吳起！只要這個人存在的一天，我軍恐怕很難有勝算。他究竟是何方神聖？」眾將士一片靜默，沒有人能回答太祖的疑問。

見眾人氣勢低落，石守信打破沉默說：「陛下，我軍和對方正面衝突，對我們不一定有利，不如出其不意，發動奇襲。今日劉軍略占上風，想必疏於防範，我們趁機夜襲敵營，一定能重重打擊他們。」

太祖說：「朕雖然也有此意，不過，看起來劉軍用兵的人十分具有謀略，恐怕這個計謀也在他意料之中，夜襲敵營，只怕是白白折損士兵。」

「陛下，不如由臣率領幾千敢死軍假裝襲擊，實際上則是擾亂敵軍，然後再請陛下另派軍隊掩護。等敢死軍衝入敵營時，敵軍埋伏在外的士兵一定會殺進營來，此時營外掩護我軍的軍隊，從後方追殺敵軍，我們內外包夾，一定能殺他

楊家將演義

個措手不及！就算此人再有謀略，也猜不到這一招。」石守信慷慨激昂的說。

太祖沉吟一會兒，心想這也是一個妙計，因此派遣石守信率領敢死軍為前鋒，王審琦領軍在後，分派好任務後，眾人靜待三更行動。

這一夜，密布的烏雲掩住月光，天空只有孤星高高掛著。石守信率領敢死軍摸黑前行，埋伏於劉軍營外；王審琦率領的大隊兵馬跟隨在後，在距離劉軍營外百尺等候。石守信派去的探子回報：「營內沒有人聲，應該是士兵都已經沉沉睡去；只有營外三三兩兩的巡邏兵，悠悠哉哉，一點警戒都沒有。」石守信暗自欣喜，心想：「這夜襲的計畫真是妙啊！」

三更一到，石守信下令放起信砲。在信砲微弱光線下，敢死軍殺入劉營。忽然聽見營外放砲吶喊，石守信以為是劉軍的埋伏，立刻轉身朝營外殺出。王審琦聽到信砲與震天的吶喊聲，猜想應該是劉軍，便領兵殺入敵營。

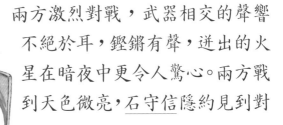

兩方激烈對戰，武器相交的聲響不絕於耳，鏗鏘有聲，迸出的火星在暗夜中更令人驚心。兩方戰到天色微亮，石守信隱約見到對

方將帥身後軍旗上大大的「宋」字，心頭一驚：「難道是自己人？」再仔細一看，那人不正是王審琦嗎？石守信萬分懊惱，急忙下令停戰。兩人都想不到，拚了一夜，竟是一場鬧劇，折損不少士兵！這時劉軍趁機殺出，打得宋軍潰不成軍，死傷慘重。石守信等人不敵，只好趕緊逃回宋營。

石守信與王審琦清點士兵後，前往帥帳請罪。

「這個計策竟然也被劉軍料中！」太祖既悲又怒，忍著心中翻湧的情緒，問：「劉軍的謀策者是誰？朕一定要捉到他！」

石守信回答：「探子回報：那人叫繼業，出戰時都會舉著紅令字旗，因此人稱令公。他的妻子也十分英勇，掛的是白令字旗，所以號稱令婆。上次白坂河的伏軍就是敗在令婆手下。」

太祖若有所思，低聲的說：「嗯！原來是他！朕聽說這人勇猛善戰，在北方人人稱他『無敵將軍』，沒想到他的才智也這麼厲害！唉！如果能得到他，朕要征討各地，哪裡還需要擔心勝敗？而這令婆也是位難得的人才啊！」

太祖抬起頭來，安慰眾人說：「雖然夜襲失敗，但錯不在你們，是朕低估了敵人的實力。經過這幾場硬

仗，大家辛苦了！傳令下去，要眾將士好好休息。」
接著吩咐左右：「來人！將太原地圖拿來，朕要仔細研
究。」

這夜，太祖恐怕又是無眠了！

第二章　迫宋退兵

這夜，令公也無法成眠！他坐在軍帳中，手裡拿著兵書，卻無法靜下心來研讀。這幾天與宋交戰，雖然每戰都勝，但這種刀口上舔血的日子，他有點⋯⋯倦了！

令婆跟隨他南北征戰多年，沒有一天能享清福；長子淵平、次子延廣、三子延慶、四子延朗、五子延德、六子延昭、七子延嗣從小就跟著他學習武功，總想著要報效國家，建立奇功，頗有父親的風範，這讓令公十分得意！而八娘與九妹雖是女兒身，但耍棍弄刀，舞劍操槍樣樣精通。這幾年也跟著他到處奔波，都已經到了適婚年齡卻還未出嫁，怎麼能誤了女兒的終身大事？唉！但他又何嘗不想給一家安穩的生活？

北漢與北周向來不合，北漢國君為了拉攏遼國對抗北周，總是低姿態對遼，十分屈辱。然而朝代更替，如今早就不能跟當初相提並論，請遼出兵相助，難道就能讓北漢永存嗎？那時，只差一點就能為國君除去

心頭大患，可惜國君被宋軍追得急，又怕自己會遭遇不測，急忙鳴金收兵，他只好讓宋朝皇帝逃過一劫。

算了，如果國君有任何閃失，他可就成了千古罪人了！

昨夜破壞了宋軍的夜襲計畫，使他們自相殘殺，損失不少兵力，雖然重挫了宋軍氣勢，然而宋位在物產豐富的中原，地廣人稠，後援不斷，久戰對北漢不利！而且看宋朝皇帝的相貌，應該不是泛泛之輩，而行兵布陣的方法也有高妙之處。北漢與遼聯軍，只能跟宋軍打個平手，如果沒有遼軍幫忙，北漢恐怕早就是宋朝的囊中物了。令公心想：「看來得趕緊逼迫宋朝皇帝退兵，再作打算！」

軍帳中沉悶的空氣，讓令公無法集中精神，他起身走出營帳。夜已深，北方的寒風更加刺骨。他閉目迎風，讓清風帶走他混亂的思緒，內心立刻清明起來。抬頭張目觀看天象，令公知道將有久雨，心中不禁大喜。

隔天一早，令公急忙晉見劉鈞，稟奏說：「臣昨夜觀看星象，過幾天將會有一場久雨，這個機會不可錯失。」

劉鈞心急的問：「愛卿，你有什麼好對策嗎？」

令公回答：「請陛下命令士兵準備柴薪！將兵士分成三隊，一隊擊鼓吶喊，一隊手拿砲箭以防敵軍偷襲，一隊負責砍柴。回營前再讓他們大喊：『燒盡南蠻。』這個舉動主要是在混亂敵軍，讓他們不知道我們準備柴薪的目的。等到他們發現時，恐怕大雨已經到來，也來不及準備乾燥的柴薪了。」

劉鈞一聽，覺得有道理，立刻下令：「准奏。」

「多謝陛下！」令公繼續獻計：「臣還有一事：請陛下派三千士兵，前往鎮定關，迎回遼軍與我們會合。」

劉鈞不解的問：「我與遼聯軍，就是希望遼軍前來救援，現在怎麼反而要我派兵？」

令公回答：「前幾天與宋軍交戰，看宋朝皇帝的行軍調度，一定是非常瞭解太原的地理位置。如果宋朝皇帝知道遼軍即將到來，一定會發兵前往攔截，所以臣才會認為應該派兵前往。」

劉鈞面露喜色，說：「愛卿真是思慮周到啊！」他立刻找來二位將領，下令：「張得、永吉，你二人領兵三千，前去鎮定關迎回遼軍，不得有誤。」

臨行前，令公叮囑二人：「宋軍在路途中一定會有埋伏，你們必須謹慎提防，千萬不要掉以輕心。」見二人出營，令公暗自擔憂：「千萬不要誤了大事啊！」

過了幾天，果然下起大雨，這場雨下了將近一個月的時間。這兩天好不容易放晴，宋軍立即派人前來挑釁，逼劉鈞出戰，每天叫戰數次，劉鈞卻偏偏等不到遼軍前來救援，這情形讓他非常心煩！他召來令公商討對策：「天一放晴，宋軍就來挑戰，但是又不見大遼的救兵，這該怎麼辦呢？」

令公回答：「請陛下放心！宋軍的挑戰不需要懼怕；倒是遼軍一直沒到，這件事比較讓人擔心。依照我的計畫，張得、永吉應該早就抵達鎮定關，與遼軍會合了，為什麼到現在還沒回來，恐怕是路上遇到什麼阻礙了。」

此時忽然聽到鎮定關守關兵來到，劉鈞急忙召見。守關兵衣衫不整，滿身塵土，看來是風塵僕僕的趕來稟告要事。守關兵雙手一拱，雙膝還沒落地，劉鈞就等不及的說：「免禮！免禮！有什麼大事嗎？」

守關兵說：「啟稟陛下，關外遼軍遭到宋軍奇襲，害怕的退到關外三十里，不敢前來救援。回程途中聽見張得、永吉二位將軍……他們……他們……」守關兵欲言又止，劉鈞

忙說：「你快說。」

於是守關兵接著說：「聽說二位將軍非常驕傲，還說：『怕什麼伏兵！要是南邊那些蠻子敢來，我們就把他們殺個片甲不留！』大軍到了莫勝坡時，二位將軍下令紮營，晚上不僅沒有命令士兵謹慎提防，反而任憑大家飲酒作樂，全都醉得不省人事。萬萬沒想到宋軍早就埋伏在那邊，見機不可失，殺入營內，三千將士無一倖免！二位將軍也……」

劉鈞聽完，臉色慘白，又聽見營外一片鼓譟，猜想是宋軍又來叫戰，心慌得亂了方寸，不停的說著：「這該怎麼辦？應該如何是好呢？」他想了一會兒，轉向令公說：「不如朕寫封信詐降，先騙宋朝皇帝退兵，然後趁他們不注意，退回太行山去，那時候再來想辦法。」

令公連忙阻止：「陛下，千萬不可以！雖然投降是假，但向宋朝皇帝示弱這件事卻是真啊！請您三思。」

劉鈞說：「嗯！愛卿說的也有道理……但是，宋朝皇帝即位後，打起仗來無往不利。而且宋朝已經得到了大部分的天下，和宋朝比起來，我們本來就是弱小的國家，小國臣服於大國，弱者服侍強者，這本來就是應該的啊！」

令公見劉鈞已經下了決定，便不再強行阻攔，語氣婉轉的說：「陛下說的是！但臣認為近來久雨，宋軍一定忍受不住溼氣，大多都染上疾病了，宋朝皇帝應該已經有了退兵的想法。如果我們能出奇兵，挫挫宋軍士氣，這樣您只需要寫封信，說明兩軍交戰的利害得失就可以了。」

劉鈞聽了這話，內心稍微平靜，問：「愛卿有什麼好方法嗎？」

令公回答：「請派二郎延廣率領三千弓箭兵，埋伏在董澤山下。明日天晴，宋軍會派人來求戰，午時前，天色會大暗，宋朝皇帝擔心下大雨，肯定會收兵。等他們收兵，我們趁機出兵追殺，將宋軍逼到董澤山下，延廣再率兵射殺宋軍，重挫他們的銳氣。如此一來宋朝皇帝必會退兵。」

劉鈞雖然還有顧慮，但因眼前情勢緊急，只好說：「准奏。」

隔天果然天氣晴朗，太祖前來求戰，劉軍按照計畫按兵不動。近午時分，忽然烏雲密布，沒多久四周陷入黑暗，接著狂風大作，飛沙走石，讓人無法張眼。眼看天氣不適合打仗，太祖下令收兵。沒想到，這時劉軍中竟然殺出個「無敵將軍」！宋軍邊戰邊退，到了

董澤山，忽然聽見劉軍中一聲信砲響起，瞬間千萬弓弩齊發，宋軍哀鴻遍野，死傷慘重，被奪的兵器與馬匹數也數不清。

前方傳來捷報，劉鈞不禁拍手大笑，對眾人說：「令公料事如神，簡直就是姜子牙再世啊！」接著立刻派人送信給太祖。

收到劉鈞的信，太祖考量連月大雨，許多將士紛紛染病，加上又中了令公計策，宋軍損傷難以估計，考慮再三後終於決定退兵。

北方的風颼颼的吹熄了烽火，硝煙漸漸散去，這場戰事就這麼暫時平息了下來。

第三章　國運交替

　　入冬的第一場雪，從黃昏下到深夜，下得庭院裡的幾枝紅梅也低下了頭。淡淡幽香飄進太祖寢宮，卻沒有人在意。太祖要太醫和一干人等退下，他虛弱的倒在床上，目光穿過忽明忽暗的燭火，落在遙遠的北方。恍惚中，他聽見馬蹄達達逼近，一道銳利光芒射來，那令他無法直視的身影，漸漸清晰。

　　是他？令公！

　　太祖驀地收回目光，一身冷汗的驚醒過來，卻又無力的闔上雙眼。左右侍者趕緊上前擦去太祖額上的汗珠，只聽見太祖語調時高時低，喃喃的說著：「令公啊！令公！太原就靠你一人啊！劉鈞不過是個懦弱怕事的人，何德何能得到你這名猛將？太原啊！太原！這輩子無法收復啦！」太祖虛弱的張眼，看著前方一會兒後，像是見到了什麼，嘴角一揚，又沉沉的睡去。他就這麼氣力不振的睡睡醒醒，一天深夜，他下旨宣召晉王趙光義晉見。

晉王匆匆趕來，心想：「前些日子，皇上身體不舒服，我前往探視時，皇上已經交代了一些事情，這時宣我晉見，難不成是要託付江山，傳天子大位？」他一邊想一邊走，不知不覺來到太祖寢宮。

「晉王求見！」

太祖勉強坐起來之後，氣若游絲的吩咐：「宣！」

「宣晉王晉見！」內宮侍者傳令。

晉王匆促的腳步聲在寢帳前停了，「參見陛下！」

太祖緩緩張開眼，困難的潤了潤喉嚨，對晉王說：「唉──朕恐怕活不了多久了！你擁有很好的命格，必定能成為太平天子，所以朕決定傳位給你。」

晉王一聽，趕緊跪拜說：「陛下萬歲萬萬歲！您好好保重，過幾天就能痊癒。至於陛下的厚愛，臣不敢接受。」

太祖吃力的抬起手，要晉王起身，虛弱的說：「朕的身體，朕自己清楚。朕沒有福氣，多次征討太原，總是無功而返。唉！遲遲無法統一天下，實在是朕此生最大的遺憾！」太祖講到這裡，忍不住喘了口氣，才接著說：「還記得朕曾跟你提過令公這個人嗎？」

晉王回答：「臣不敢忘！陛下說令公上通天文，下知地理；征戰用兵，神奇精妙，是個智勇雙全的難得

楊家將演義

人才。還說如果能攻破<u>太原</u>，要我以誠信對待他，並給他兵符，務必要讓<u>令公</u>心悅誠服，願意為我<u>大宋</u>效命。」

「嗯。」<u>太祖</u>點點頭，又不忘叮囑：「朕曾經因為太后染病，發願到<u>五臺山</u>進香祭拜，祈求太后早日康復，現在朕是無法完成了。這事你也別忘啊！」

「臣遵旨。請陛下安心休養！」<u>晉王</u>拱手行禮，恭敬的回答。

<u>太祖</u>立下詔書，傳位給<u>晉王</u>，並將詔書放在金縢匱*中，以金帶細綁。然後命令左右侍者退下，只留下<u>晉王</u>一個人，囑咐其他事情。

搖曳的燭火影子下，<u>晉王</u>只看見<u>太祖</u>雙唇微動，卻聽不見他的聲音。眾人等在寢宮外，似乎也等待著無可避免的時刻來臨。

有道是：「閻王要人三更死，誰敢留人到五更？」四更更鼓響，鼓聲敲得人心一震一震！

「陛下！陛下！」<u>晉王</u>失聲大叫：「快請太醫！」

---

*金縢匱：古代放置公文的金櫃。

這漫長的一夜，只留下眾人在雪地上深深淺淺、雜亂不堪的腳印！

第四章　令婆護駕

太祖逝世，晉王繼位為太宗。太宗分封諸王，賞賜眾臣，大赦天下！

這消息很快就隨著大宋北征軍隊的腳步，傳入劉鈞耳中。劉鈞這會兒急得像熱鍋上的螞蟻，坐立難安。

「以前宋軍來襲，總是被令公殺得落花流水！唉！現在令公因為生病返回太行山休養，無法出戰；大宋兵強馬壯，來勢洶洶；大遼救兵又不見蹤影，這該怎麼辦才好？你們倒是想想辦法！難道……」想到大宋三路大軍殺來，北漢卻無力抵擋，「投降」二字竟忽然竄入腦中，劉鈞想到這裡，忍不住潸然淚下。

突然有一人語氣堅定的說：「陛下，宋軍有攻城的計謀，難道我們就沒有守城的方法嗎？請陛下讓臣領兵破宋，為國效力！」劉鈞抬頭一看，說話的人原來是丞相郭無為。

聽到這麼慷慨激昂的話，劉鈞擦去眼淚，振作起精神說：「眾臣聽令！宋軍已經兵臨城下，情勢危急，

現在任命丞相領兵退敵，如果有違令者，准許丞相先斬後奏！」郭無為領命，立刻調派兵馬，準備迎戰。

劉軍兵分三路，劉鈞先派三千士兵出陣迎敵。兩軍交戰不久，劉軍先鋒就被一刀斬死，其他士兵見到先鋒被殺，紛紛棄械奔逃，潰不成軍。劉鈞見宋軍蜂擁而來，聲勢驚人，他倒抽一口氣，心口狂跳，馬上收兵轉回太原城，沒想到太原城已經被宋軍團團包圍，無法入城。糟！城被圍，軍已潰，難道真的沒有辦法了嗎？如果令公在……劉鈞念頭一轉：「不如先回太行山，再做打算！」

劉鈞帶著剩餘的兵馬到了太行山下，忽然一聲砲響，接著天空黑壓壓一片，落下來的不是雨滴，卻是齊飛而來的箭！劉鈞嚇得急忙撤退，然而已經損失不少兵馬。他對眾將士說：「想回太原，無計可施；要上太行山，卻又有埋伏，現在已經走投無路了啊！難道是天要亡我？如果我非死不可，又怎麼能連累你們受苦？」說到這裡，劉鈞滿臉淚痕，握在劍柄上的手微微顫抖，狠下心就要拔劍自盡。

眾將士急忙阻止，苦苦相勸：「陛下，不如到白馬嶺，投靠大遼吧。」

劉軍正往白馬嶺前進，眼前卻殺出大宋伏兵，擋

楊家將演義

住去路，又聽到背後喊聲大起。「唉！怎麼會落到這樣的地步？」劉鈞面如土色，魂不附體，大嘆：「沒想到我就要死在這裡了！」

這時後方軍士大喊：「白令字旗！是令婆！陛下，是令婆前來救駕！」眾將士得知是令婆領兵，消沉的士氣為之一振，軍心立刻穩定了下來，劉鈞也才鬆了口氣。

令婆知道太原城沒有失守，只是被宋軍包圍，發誓要為劉鈞殺出一條血路，護他入城，等待遼軍救援。於是，令婆掛起白令字旗，一馬當先，向前殺敵。宋軍遠遠望見是令婆，紛紛害怕得四處逃竄。令婆殺到城邊，守城將領見是劉鈞和令婆，趕緊開門迎入眾人。

劉鈞入城坐定，拍撫著劇烈起伏的胸口，用力的呼了口氣，說：「令婆，幸虧妳及時趕到，否則朕必死無疑！只是，妳怎麼會特地趕來護駕？」

令婆回答：「啟稟陛下，昨晚繼業觀看天象，知道陛下有難，所以要我前來救駕。沒想到一下山，就被宋軍攔住去路，打敗他們後，我捉到一名士兵加以拷問，他說陛下往白馬嶺去了，幸好來得及解救陛下！」

劉鈞感嘆的說：「要是令公在，哪裡容許那些南蠻在太原囂張？」

令婆憂心的說：「陛下！我看宋朝皇帝料事如神，在您經過的路上，處處設下埋伏，用兵的謀略十分高妙，可能跟繼業不相上下，我們必須小心迎戰。」見劉鈞一臉憂愁，令婆趕緊安慰說：「陛下放心！太原城非常堅固，我想宋軍短期之內還無法攻入，只要大遼援軍一到，我們一定能殺出重圍。」

聽到令婆的話，守將吞吞吐吐的稟奏：「陛下！遼軍恐怕……恐怕……」

劉鈞懸著的心才剛落下，這時又揪了起來，急忙問：「恐怕什麼？你快說！」

守將回答：「遼軍恐怕來不了了！大遼二十萬大軍，已經全軍覆沒！」

這話就像晴天霹靂一樣，轟得劉鈞魂飛魄散。他雙手掩面，正不知如何是好，卻又傳來宋軍先鋒潘仁美在城外叫戰的消息。

不等劉鈞吩咐，令婆生氣的說：「讓我出馬砍他幾顆頭來，要他們知道我軍威猛，不是輕輕鬆鬆就能打敗的。」

劉鈞洩氣的說：「令婆，朕知道妳膽識過人，武藝

高強，但是現在敵眾我寡，妳千萬不要輕舉妄動啊！」

「陛下請放心！一切交給我！」令婆說完便領軍出城，與潘仁美交鋒。

交戰沒多久，令婆就假裝不敵，策馬回城；潘仁美緊追在後，忽然看見令婆俐落的彎弓搭箭，扭身射出。潘仁美側身想躲卻慢了一步，利箭穿透左側大腿，劇痛讓他雙腳一軟，跌下馬來。令婆揮刀砍來，刀勢卻被趕來營救的潘仁美部將格開，他與令婆刀來槍往，不過三個回合，便在令婆刀下身首分離；另一名部將攻來，令婆舉刀一揮，刀下再添一條亡魂。

令婆連殺二將，沒有喘息，轉頭又見一名宋將殺來，她冷笑一聲，拋出絆馬索套住宋將坐騎，用力一扯，馬匹往旁邊一倒，宋將跌落在地。令婆正打算活捉那名宋將，卻聽見劉鈞鳴金，她只好收軍入城。

原來劉鈞在城牆上見到令婆殺敵勇猛，沒有人是她的對手，十分欣喜。不久見到大批宋軍往令婆方向而去，他怕令婆危險，便急忙鳴金收兵。這一次出戰，北漢雖然略占上風，但密密麻麻的宋軍將太原城圍得滴水不漏，宋軍圍城的危機仍然沒有解除。

太原已經被圍了好幾天，城內糧食與飲水漸漸減少，士兵與民眾只能以有限的食物果腹，城內有絕糧

楊家將演義

的憂慮，城外無救援的兵馬，眾人困在城中，就像黑夜無邊卻不見白日降臨，開始陷入恐慌。劉鈞走上城頭，抬頭望著遲遲不散的烏雲，幾絲陽光從雲縫中透了出來，落在面露飢色的士兵、餓得發顫的人民臉上。經過宋軍幾次猛攻，城牆已經殘破不堪，這場仗要怎麼打下去？

「陛下，宋朝皇帝派使者送來召降的書信。」聽了這話，劉鈞一時沒有主意，又怕使者不安好心，只好下令緊閉城門，不讓使者入城。

這無禮的舉動惹惱了太宗！他下令宋軍排好陣形，陣前士兵手拿盾牌，形成一面銀白色的堅固牆壁；陣中士兵拉弓架箭，蓄勢待發，嚇得劉鈞連忙離開城牆，命令士兵嚴陣以待。戰鼓咚咚響起，凌厲箭勢發出的響聲綿延不絕，伴隨著劉軍的哀號，太原城彷彿人間煉獄。情況如此危急，再這樣下去，只怕城內將會血流成河，軍民無一倖免！為了不再增加死傷，劉鈞決定投降。

隔天，城門大開，太宗緩緩進入太原城，在城臺上大擺宴席，犒賞將領，而劉鈞則率領眾人在臺下等待太宗降罪。沒想到太宗不只沒有怪罪，還賜錦袍玉帶，召劉鈞登臺。原本擔心性命不保的劉鈞，現在才

真的放心了。

登上城臺後，劉鈞立即向太宗叩頭謝罪：「感謝陛下不殺之恩，罪臣從此絕無二心，誓死為大宋效命！」

太宗點頭微笑，示意侍者扶起劉鈞，並封他為彭城郡國公。但最令太宗掛心的卻是——令公！

「對了，這些日子以來，兩軍交戰，怎麼都沒見到令公出戰？」太宗假裝不經意的問。

劉鈞恭敬的回答：「啟稟陛下，令公前些日子生了病，目前正在太行山休養。」

聽到令公生病，太宗急得傾身向前，關心的問：「病得嚴重嗎？」

「聽說已經康復，沒有大礙，請陛下放心。」

太宗這才鬆了口氣，開心的說：「朕決定派遣使者前去太行山宣詔，讓令公擔任代州刺史。」想了一會兒，又對劉鈞說：「如果只有使者前去，恐怕會引起不必要的誤會，不如你指派一名心腹，和使者一起去傳達朕的旨意。如何？」

「是！」劉鈞聽命，吩咐令婆與使者同行。

楊家將演義

第五章　招降令公

太行山，校場上。

令公大病初癒，趁著天氣晴朗，悄悄走到校場*，觀看眾人演練。眾士兵一臉認真，紀律嚴謹。長子淵平站在校臺上，二郎延廣等人跨馬列在陣前。淵平一聲令下，令旗揮動，士兵立即隨著指令移動，步伐迅速、劃一，擺開的陣式嚴密，沒有絲毫破綻。令公微笑點頭，多日來因病而感到鬱悶的胸口，像是吹進一股暖暖的春風，舒暢無比。

令公心想：「前幾天觀測天象，顯示戰情對我方不利，但我卻身染重病，無法親自上戰場殺敵，只好讓令婆前去救援。現在我的病已經沒有大礙，士兵也訓練有素，俗話說：『養兵千日，用在一時。』明天就是我們為國效力的時候！」

令公轉身看見校場一角，六郎延昭正在跟十幾個

---

*校場：古代操練兵馬的場所。

小兵磨練槍法。小兵將六郎團團圍住，亮晃晃的長槍全指向他。小兵三到五人一組，左右猛攻。六郎側身一擋，反手一蓋，小兵各個被震得虎口一麻，手上長槍紛紛落地；六郎再來一招金雞啄地，朝著小兵腳尖狂點，嚇得眾人碎步後退；接著六郎轉身擋住後方攻勢，舉槍一挑，將幾名小兵拋得老遠；眼角餘光看見又有三名小兵攻來，六郎緊握長槍，槍纓畫成圓，槍尖隨棍上，有如靈蛇吐信般朝小兵竄去，猛地停在小兵鼻前半寸。原本以為就要血濺校場的小兵，早已經嚇出一身冷汗；六郎爽朗大笑，又立馬側身一握，使出橫掃千軍之勢，將一枝槍舞成數十枝，好像孫悟空的金箍棒變化莫測，忽左忽右，忽前忽後，竟沒有人能夠近身。

「六郎的槍法精準，十分純熟，真令我感到欣慰！」令公正欣喜著，卻見令婆匆匆前來，心裡一驚，不等令婆走到面前，便急忙問道：「妳怎麼回來了？陛下與宋軍交戰，勝負如何？」見令婆臉色一沉，令公已經猜到結果！

令婆回答：「唉！太原城被圍多日，城內糧食、飲水不足，大遼救兵又無法前來，士兵不僅因為飢餓而無力作戰，還陷入恐慌，亂了陣腳。再加上宋軍幾次

猛攻，我們死傷慘重，陛下為了人民的性命著想，只好獻城投降了！」

果然！令公心頭一揪，一口氣就快喘不過來！他搗著胸口，大罵：「怎麼不跟宋軍決一死戰？就算戰敗，也是為國家而死，黃泉路上才能問心無愧啊！」

令婆趕緊上前拍拍令公的背，讓他順順氣，勸說：「你不要這麼激動！這幾天，我觀察宋朝皇帝儀態不凡，威武莊重，應該是真命天子！而且陛下投降，宋朝皇帝不但沒有降罪，還封爵賞賜，就知道他的確有不凡的氣度！」令婆見令公不說話，臉色也平靜些，才敢繼續說：「今天宋朝皇帝派使者送來詔書，要封你為代州刺史*。我擔心你性情剛烈，一時無法接受，所以先回來告知，宋朝使者隨後就到。」

令公立刻臉色大變，怒氣直衝腦門，大聲怒罵：「荒唐！不戰投降，已經罪無可赦，現在還要我臣服宋朝，留下萬世臭名！這是不可能的！」

這時，使者剛好面帶笑意的走入校場，令公遠遠看見使者，怒火燒得更旺：「分明是來送死！」順手抽

---

*刺史：古代職官名，始設於漢朝。隋、唐時為州的長官。宋朝後為虛銜，沒有實際權力。

出令婆腰上掛的寶劍，大吼：「等我親手殺了他，然後殺下太行山，救回陛下，收復太原！」說完就想往使者奔去。

令婆急忙拉住令公，勸道：「你千萬不要衝動，殺害使者可是要株連九族*的啊！」

使者興沖沖的來，卻看見令公高舉寶劍朝他殺來，嚇得臉色發青，雙腳不停顫抖，一句話也說不出口。眾人聽見令公如雷的罵聲，紛紛趕來，與令婆一起攔住殺氣騰騰的令公。國君降宋的事實與眾人的阻攔，讓大病初癒的令公一時悲憤、怒氣同時攻心，雙眼一翻，就昏了過去。

這使者趕緊腳底抹油溜下山，回到太原，使者想報個「老鼠冤」，於是向太宗稟告：「啟稟陛下，這個什麼令公真是不識抬舉，您不殺他這逆賊，又給他官職，他卻不知感恩，不乖乖投降，還想要殺了微臣，還好令婆攔住他，否則微臣的這條小命就不保了！陛下，令公抗旨，請下令進攻太行山，以絕後患！」

太宗不但不動怒，反而滿臉笑意的說：「啊！令公果然是個忠義之士！朕實在太欣賞他了！」於是又賞

---

*九族：一說是父族四、母族三、妻族二；一說是直系血親九代。

賜他更高的官職，還派遣大將党進前去送詔書。

劉鈞覺得不妥，建議太宗：「依臣對令公的了解，他並不把官位看在眼裡！如果要勸他投降，臣倒是有個辦法，只是……」

太宗忙問：「你有什麼方法就說吧。」

「令公是忠義之士，當然不願意改變志節，效忠陛下。如果臣的親信郭無為帶臣的口諭，命令令公投降，臣想他應該會遵從。」

劉鈞原本擔心，聽到他這投降的人還要下令，太宗會心生不悅，沒想到太宗竟然大笑幾聲，說：「這倒可行！就照你的方法做。党進、郭無為聽命，立刻前往太行山宣詔！」

太行山上，令公的心意似乎已經漸漸轉變。

令公在眾人的照料下，很快就醒了過來，只是胸口鬱悶，氣息不順，並沒有什麼大礙。當天晚上，令公走出房門，令婆跟在一旁，不敢再提投降的事。

「夜深了，早點休息

楊家將演義

吧。」令婆柔聲勸道。

「唉！國已破，叫我怎麼睡得著？」令公仰天長嘆，忽然看見太宗的主命星*光芒閃閃，知道天下情勢已經無法改變，內心倒是平靜了許多。他轉身對令婆說：「一切都是註定好的啊！前些時候生病，無法上戰場，原來都是天意，不是任何人可以改變的！」

令婆聽了這話，以為令公已經決定接受詔書，於是說：「幸好當時沒讓你殺了使者，現在還有退路！」

沒想到令公還是動怒了。他生氣的說：「這什麼話！國破，臣死，這才是正道！哪有貪生怕死，苟且偷生的道理？更別提為了富貴而投降宋朝這種不忠不義的事情！」

令婆被令公突如其來的怒氣堵住了口，深深的嘆了口氣，不再說話。令公知道令婆的苦心，口氣轉為和緩的說：「唉！都是天意！身為已經亡國的將軍，還能有什麼希望？」說完轉身回房，一夜輾轉難眠。

隔天，一名小兵來報，宋將黨進帶著詔書前來，令公滿臉不悅，不肯接受詔書，郭無為見令公這麼堅

---

*主命星：道教論述星象時，強調星象對個人生命的影響，並根據人的出生時辰，分屬不同星君掌管，也就是個人的主命星，會影響個人命運。

持，忍不住板起臉孔說：「我今天特地來傳陛下口諭：事情已成定局，請令公接受詔書！」

令公氣得大聲怒罵：「你是北漢丞相，卻跟宋軍一起前來勸降？我這個沒了國家的將軍，只能以死報答國家的恩情，絕對沒有接受宋朝官職的道理！丞相請回吧！」

郭無為清楚令公的個性，他採取激將法，對令公說：「陛下特別傳口諭要將軍投降，將軍不肯，如果連累陛下被太宗判了死罪，將軍當然該當個殉臣！只是將軍不願意投降，已經是違抗命令的反臣，恐怕也只會留下千古罵名！」

「反臣」二字，實在讓令公無法接受，他顫抖著聲音說：「我為了保全節操，不願接受宋朝詔書，你卻用抗命反臣來責罵我？」令公冷哼一聲，瞪大眼睛看著郭無為。

郭無為放軟身段，勸說：「令公，識時務者為俊傑。而且宋朝皇帝不但宅心仁厚，又能知人善任，所以才會一再傳詔，就是不想錯失天下英才啊！加上陛下又親託口諭，您⋯⋯好好想想吧！」

令公想了想，心生一計，便說：「麻煩請党將軍回報宋朝皇帝，只要答應我三件事，我就立刻整兵下太

行山，否則我寧可死，也絕對不會答應投降。」

党進見事情有了轉機，急忙問：「哪三件？請令公告知。」

「第一，我只隸屬於北漢君主，不接受宋朝官職；第二，只聽宋朝皇帝調遣，不聽宣召；第三，我所統領的兵馬，聽我軍令，不需要向宋朝皇帝請旨。」說完，令公拱手行禮，請人送客。党進與郭無為知道多說無益，便立即返回太原。

送走兩人，令公心想：「提出這樣的三個要求，宋朝皇帝應該不會答應，也算是緩兵之計；但如果答應了，可見他的確有十足的誠意，那就信守承諾，下太行山會他一會。」

不到一日，党進帶來太宗答應令公條件的消息。令公只好信守承諾，率領眾人下了太行山。

第六章　令公降宋

　　到了太原，太宗立即設宴款待令公，而令婆與七子二女也全部出席。太宗看見令公前來，龍心大悅，開心的說：「久聞令公大名，今日一見，果然儀表不凡，神采奕奕，真是名不虛傳！」太宗不只大加封賞，還特別賜姓「楊」。

　　令公對於太宗的賞賜並不在意，倒是有個人吸引了他的注意。這個人是太宗的姪子，人稱八大王。令公見他氣質翩翩，舉止合宜，雙目清明，渾身散發著一股睿智氣息，好像諸葛孔明再世一樣，聽說很得人心，太宗也非常信賴他。

　　太宗因為得到令公這名猛將，開心的不停舉杯飲酒，帶著幾分醉意，誠心的對令公說：「得太原，不如得令公啊！多虧先帝識人，朕才能得到天下英才！」太宗一口乾了杯中美酒，又倒滿一杯，舉起酒杯大聲對所有人說：「先帝愛惜人才，常常向朕提起令公，今天朕終於明白先帝為什麼那麼欣賞令公了！來！為大

宋得到良將乾杯！」

眾人舉杯同賀：「賢能的君王得到猛將，是天下百姓的福氣！恭喜陛下，賀喜陛下！」

其中卻有一個人心口不一，那就是為了保護太祖而身中令公數槍的潘仁美。這位深受太祖器重的大將，如今被冷落一旁，潘仁美不禁心生妒忌，心想：「怎麼會眾星拱著那個降臣，忽略了我這個明月啊！」但礙於場面，潘仁美只好口是心非的說些祝賀的話。

令公不曉得潘仁美的心思，只是覺得太宗態度懇切，不像是說客套話，內心十分佩服，於是舉杯道謝：「多謝陛下的欣賞，臣實在承受不起！」

八大王笑著說：「得到令公並給予兵符，這是先帝遺願。陛下完成先帝遺願，難道不是一件值得慶賀的事嗎？況且，如果令公能為大宋效力，我軍如虎添翼，統一天下的日子就不遠了！」

令公只是微笑沒有說話，心想：「我不過是一名前朝的臣子，太宗卻那麼看重我，還特地賜姓，真的是愛才惜才啊！甚至連八大王都對我如此器重……」令公原本頑固的心，因為太宗與八大王的誠懇而漸漸柔軟，臉部線條也柔和了起來。

太宗沒有察覺令公表情的變化，只是感嘆：「雖然

已經收復太原，但先帝遺願還有一件沒有完成……」

八大王安慰太宗：「陛下登基後曾詢問眾臣，先帝兩個遺願應該先完成哪一個？大家都認為應該先取太原，然後再上五臺山。如今收復了太原，上五臺山又有什麼困難呢？」

「不過不知道五臺山離太原多遠？」太宗想了一下，詢問令公：「不知道令公是否願意隨朕前往五臺山，完成先帝遺願？」

太宗的情深意厚讓令公深深感動，令公抱拳答應：「臣遵旨！」

聽到這句話，太宗笑得開懷，立刻下令：「往五臺山出發！」

「遵旨！」眾人抖擻精神，整軍前往五臺山。

第七章　五臺降香

　　幾天後，一行人抵達五臺山。只見煙霧環繞，山勢險峻，奇石林立；山谷間幾隻大鷹乘風飛行，不遠處傳來肅穆的誦禪聲，其中夾雜著陣陣鷹鳴；清新涼爽的空氣好像洗淨了全身感官，讓人忘記世間的煩惱，通體舒暢。

　　到了山門，眾人不禁讚嘆：「哇！好一座富麗堂皇的寺院！」寺院四周圍繞著高大的青松與纖瘦的綠竹，一陣清風吹來，松竹窣窣作響，有如天籟。進了山門，五座佛殿在陽光的照映下，似乎有五彩霞光，在香煙瀰漫中，就像飄浮在半空的仙島。兩側僧舍整齊，清潔幽靜，令人肅然起敬。

　　太宗等人在長老的帶領下，入殿參拜。大雄寶殿上，釋迦牟尼佛面相莊嚴慈悲；一塵不染的供桌上，只有簡單供奉鮮花素果；檀香裊裊上升，空氣中洋溢著令人安詳平靜的氣味。太宗洗手淨身，虔敬上香，誠心祈求：「今天上五臺山，一來為先帝還願，二來為

百姓祈福，希望我佛慈悲，保佑大宋國運昌隆，風調雨順，國泰民安！」眾人也誠心跪拜，各有所求。

太宗上完香後，興致不減，漫步遊遍五臺山，見景色優美，突然問道：「天下寺院的景致，有比這兒更漂亮的嗎？」

長老恭敬的回答：「這座寺院是唐代武則天娘娘所下令建造的。我想，沒有寺院比得上這裡！」說完，長老的臉上露出一絲驕傲。

太宗點點頭，說：「嗯！你說的是，如果不是有朝廷的財力幫助，不可能有這麼大的規模！」不易察覺的一股失落，悄悄掠過太宗臉上。

跟在一旁的潘仁美發現了這個些微的變化，心裡猜測太宗應該是遊興還很高，就說：「啟稟陛下，臣聽說昊天寺的景色和規模，都遠遠勝過五臺山。」

「喔！這昊天寺在哪兒？你既然知道，不如帶朕前往遊歷一番。」太宗非常感興趣，眼睛都亮了起來。

八大王趕緊上前阻止：「陛下，萬萬不可！昊天寺位在幽州，是與遼國交接的地方。如果陛下貿然前往，遼國一定會發兵前來攻擊，這不是自找麻煩嗎？陛下千萬不要聽潘仁美的話，應該立刻返回京城，才是上上之策啊！」

令公也不贊成，但還來不及開口阻止，就聽見太宗毫不在乎的說：「遼軍有什麼好怕的？遼太后知道我們那麼輕易就拿下太原，見我軍勇猛，早就害怕的躲了回去，怎麼敢出兵？這種以卵擊石、自取滅亡的事情，不會有人願意去做的。」

潘仁美趁機煽風點火：「陛下英勇，怎麼會害怕小小的遼國呢？何況昊天寺的美景真的是值得一看啊！」

太宗不聽勸阻，興致高昂的說：「朕決定前往昊天寺一遊！立刻啟程，不得有誤！」八大王與令公等人只好跟隨護駕！太宗沒想到在前方等著他的並不是美景，而是一條萬分艱難的險路，更不知道這個決定將會帶來多大的危機。

楊家將演義

第八章　遊昊天寺

　　前往昊天寺的路上，太宗遊興大發，絲毫不把「危險」二字放在心上，令公等人只能暗自擔憂。另一方面，遼國的奸細怎麼會放過立功的大好機會，立即派人快馬回報遼太后。遼太后得知後，立刻與五國番王整頓兵馬，準備擒捉大宋君臣。

　　還沒到與遼國接壤之處，前軍便緊急來報：「遼軍來了！請陛下定奪！」

　　太宗雖然驚訝遼軍來得快速，卻也不慌張，立刻召來眾將士商議。太宗問眾將士：「誰願意當先鋒前去迎敵？」

　　令公以眼神示意，楊淵平翻身下馬，單膝跪在太宗面前，說：「臣願意。」

　　太宗見是令公長子，點頭說：「果然虎父無犬

子啊！朕就命令你率領三千士兵退敵。」

「臣遵旨！」楊淵平朗聲回答。

楊淵平領兵出戰，揚起的煙塵還沒落定，就已經傳回好消息：遼軍大敗，全數逃走。

太宗非常高興，但擔心遼軍再次來襲，因此下令進入幽州城。沒想到才剛進城裡，就聽見城外喊聲震天──遼國大軍已經將幽州城團團圍住。

太宗後悔莫及，對令公說：「都是朕玩心太重，不聽八大王的話，才會導致這樣的結果！遼軍人數眾多，如果和他們正面交鋒，肯定寡不敵眾；但困在幽州城內，也不是辦法，令公有什麼好計策嗎？」

令公回答：「幽州離雄州不遠，可以派人前往雄州調派救兵。」

「話是不錯，但是遼軍將城圍得密不透風，誰有辦法出城求救？」太宗皺著眉說。

退敵立功的楊淵平立刻上奏：「臣願意前往雄州，帶來救兵！」

太宗已經見識過楊淵平的勇猛善戰，但要他只領幾名輕騎突圍，還是不太放心。令公看出太宗的擔憂，上前稟奏：「陛下請放心，淵平一定不會辜負皇上的期待。」太宗這才點頭准奏。

楊家將演義

令公轉向楊淵平，交代說：「這一趟要特別謹慎！你帶兵回來後，暫時在幽州城外數里紮營，到時候以信砲為訊號，裡應外合，才能萬無一失。」楊淵平點點頭，整好隊伍，就策馬殺出南門。

楊淵平離開後，令公又沉思了一會兒，然後緩緩開口：「陛下，臣還有一計。」令公說出他的計策，只見太宗面露難色的說：「這根本是讓你的兒子陷入危險，朕怎麼能……」

不等太宗說完，令公堅定的說：「請陛下依照計畫，才能夠全身而退！」八大王與其他人也你一言我一語的紛紛勸說，太宗這才勉為其難答應，感嘆的說：「令公啊令公，你真是為朕肝腦塗地啊！」

「這是臣應盡的本分！」令公趕緊指揮眾人，準備照計畫行動。

令公獲得消息，楊淵平已領來救兵，在城外埋伏。時機已成熟，令公便請太宗派人送信給遼太后，表示願意獻城投降，但遼太后並不相信，派人打探消息，探子回報：「幽州城北門大開，有一人坐在車上，頭戴衝天冠，身穿黃龍袍，旁人舉著黃羅傘，車後還跟著三名輕騎將軍及三百士兵，應該是宋朝皇帝出城投

降。」遼太后這才相信，並派人前去接見。

　　遼將獨自來到太宗座車前，趾高氣昂、毫不客氣的說：「嘿！那個坐車裡的，你還不下來拜見我這大遼將軍！」過了好一會兒，車裡的人沒有回答，連動也不動一下，遼將忍不住破口大罵：「好大的膽子！你這南蠻子……啊……」遼將話還沒有說完就跌下馬來，仔細一看，竟然有一枝箭貫穿了他的脖子！

　　城外遼軍還搞不清楚狀況，只見車隊、士兵迅速奔來，遼國守將見到太宗前來，雖然坐在馬上，仍彎身行禮。正在想太宗既然前來投降，怎麼會這麼沒有禮貌時，舉傘的人忽然將傘柄移向車內，車內那人抽出傘柄，竟然是一把長槍。他朝遼將要害一刺，遼將立刻一命嗚呼。那人跳上馬，與諸將及三百士兵往南殺去，此時遼軍才發現中計！

　　原來車內坐的不是太宗，而是楊四郎，身後則是楊家二郎、三郎、五郎及三百敢死軍。冤死的遼將正是被楊淵平一箭射死！太宗早在令公與楊六郎的保護之下，由南門逃走，安全抵達高州城。八大王也在楊七郎的護衛下安然脫困。

　　楊淵平等人來到一處密林，與楊二郎、楊三郎會合後，要將士稍微休息，便與弟弟們商量：「我想聖上

在爹及六弟的護衛下已經平安離開，但我們必須阻斷遼軍追擊，才能確保聖上安全返回京城。但敵眾我寡，不能力拚，不知各位弟弟有什麼想法？」

「假如無法阻止遼軍，能拖延一些時間也好！」楊四郎建議：「不如我們兵分多路，在遼軍四周突擊，殺了幾個人就假裝逃跑，引誘他們追擊，分散他們的兵力。」聽了這話，楊淵平點頭讚賞，其他人也表示贊同。

楊家將依照計畫襲擊，各自分散。這個方法果然有用，成功拖延遼軍追捕太宗的時間，讓太宗順利的回到了京城。但幽州守將敵不過遼軍的攻擊，開城投降。遼太后遷都幽州，以便進攻大宋。

太宗回到京城，等了幾天，一直沒有楊家五將的消息。太宗心裡非常不安，於是召見令公，一見到他，就憂心忡忡的說：「朕能脫困，全仰賴你楊家將，只是始終沒有淵平他們的消息，不知道情況到底怎麼樣了？」

令公雖然沒有把擔心表現在臉上，心裡卻已經多少有個底，他安慰太宗說：「陛下請放心！俗話說：『死有輕於鴻毛，重於泰山。』如果微臣的兒子們對國家能有所貢獻，才不枉費陛下的知遇之恩！」

楊家將演義

「希望他們都能平安。」太宗感嘆的話剛說完，就傳來侍臣有事稟奏。

「宣！」太宗急忙宣召。

侍臣上奏：「啟稟陛下，根據幾名逃回士兵說，楊家五將……」他吞了口口水，艱難的說：「遼太后對詐降一事非常生氣，派遣大軍追擊，楊淵平與三百敢死軍全都遇難，無一倖免；楊二郎中箭落馬，被遼軍踩踏而死；楊三郎被砍得面目全非；楊四郎被遼軍活捉，生死不明；楊五郎則下落不明。」

太宗臉色鐵青，愣了一下，不停自責的說：「都是朕的錯啊！」

侍臣的話如雷般轟然擊中令公腦袋，一時之間無法思考，耳裡只剩嗡嗡耳鳴，身體忍不住微微顫抖。過了好一會兒，他才聽見太宗的聲聲自責。令公深吸了口氣，反而安慰起太宗：「他們總算沒有辜負陛下的知遇之恩，能為陛下付出性命，也算死得其所！陛下不必自責，否則不是增加我楊繼業的罪過了嗎？」

太宗擦了擦眼角的淚，說：「唉！你哪裡有罪呢？如果不是有你們誓死抗敵，今天朕能活著回到京城嗎？朕應該特別追封，以報答他們的犧牲。」

令公心想：「這並不是我想要的啊……不過孩子們

為國捐軀，也算是無愧於列祖列宗。如此忠心報國，已經夠讓我欣慰了！」因此令公沒有多說什麼，只是拱手向太宗謝恩後，告退返家。

隔天一早，太宗宣布封令公為雄州節度使*；楊六郎為南北招討使；楊七郎為潞州天黨郡節度使。又為了表彰楊六郎救主的功勞，特別將柴郡主嫁給楊六郎。並追贈楊淵平等人，立廟以供後人祭祀。

太宗又特別下令建造「無佞府」，作為令公一家住所，另外建一座「清風無佞天波滴水樓」以表彰楊家功勞。凡是大宋眾臣路過此樓，都必須下轎、下馬以表示崇敬。令公安排好家眷後，便往雄州就任，楊六郎與楊七郎也各自前往駐地。

*節度使：古代軍事將領名，始設於唐朝。掌管數州事務的地方官。到了宋朝，節度使成為一個虛銜，有官位但無實權。

楊家將演義

第九章　仁美作惡

　　令公離開京城沒多久，又傳來遼軍進攻的消息，太宗原本想親自出征，但丞相寇準以潘仁美熟悉邊境情形，與遼國作戰經驗豐富為理由，說服太宗任命潘仁美為統軍元帥，領兵攻打大遼。

　　潘仁美領旨回府後，眉頭深鎖，面露擔憂，不停的在廳堂中走來走去。他的兒子潘章見到父親不安的樣子，向前關心：「爹，您這麼心神不寧，不知道是為了什麼事？」

　　潘仁美嘆了口氣，說：「早朝時，我被任命為元帥，奉命北伐。」

　　「這是無上的榮耀，為什麼您看起來這麼憂愁呢?」潘章不解的問。

　　「因為沒有適當的先鋒人選，所以才煩惱啊。」

　　潘章立刻獻計：「爹，難道您忘了？楊繼業是最佳人選啊！」

　　潘仁美面露狐疑的說：「楊繼業？你要他來跟我搶

功勞？」

潘章笑著說：「爹，如果他成了先鋒，那麼之前的仇恨不就可以……」

看著潘章不懷好意的笑容，潘仁美突然懂了，忍不住大聲笑道：「妙！妙！哈哈哈！這樣一來，我就可以一吐怨氣啦！」

隔天早朝，潘仁美上奏：「陛下，臣願意為國出征，只是缺少先鋒，讓臣十分憂心！」

太宗摸了摸鬍鬚，問道：「依你看來，朝廷中有沒有合適的人選？」

潘仁美看了寇準一眼，面露微笑，回答：「臣希望楊繼業父子三人擔任北伐先鋒，共同征遼，這樣要破遼軍就易如反掌了。」

太宗心想，如果是令公出征，一定能百戰百勝，因此欣喜的答應潘仁美的請求。

寇準觀察潘仁美的表情，覺得事情不單純，趕緊低聲對八大王說：「王爺，潘仁美對令公恨之入骨，現在推舉令公恐怕是不懷好意啊！」

八大王原本不明白潘仁美的用意，聽寇準一說，大吃一驚，立刻進奏：「陛下，過去令公曾在戰場上傷了潘仁美，兩人一向不合，恐怕潘仁美不是真心推薦，

而是想利用職權報復令公，這樣不僅不利於軍事行動，更會誤了國家大事！請陛下三思。」

潘仁美發現伎倆就要被拆穿，趕緊換上滿腹委屈的表情說：「陛下，臣跟令公的仇恨都過去了。當初我們各為其主，在戰場上互相敵對本來就是正常的，如今我們一樣是宋朝臣子，都是一家，哪有自家人害自家人的道理？臣絕對不是這樣的小人！」

八大王與寇準還要再奏，太宗揮揮手，說：「你們的意見朕都瞭解了。令公父子勇猛善戰，用兵巧妙，威名遠播，如果讓他們擔任先鋒，對北伐大有幫助。八大王和丞相就不要顧慮太多了！」

話雖然這麼說，太宗心裡其實也擔心潘仁美會因為私人恩怨而對令公不利，如果令公有什麼閃失，這可是大宋天大的損失啊！因此，太宗又下令滄州節度使胡延贊為監軍，一起前往代州退敵。

潘仁美心裡萬分不高興，這胡延贊和令公站在同一陣線，如果有胡延贊在，不就壞了他的計畫了嗎？他得想個辦法，不讓胡延贊礙事啊！潘仁美在前往征遼的路途上，心心念念的就是這件事。

過了幾天，潘仁美領軍到了代州西北邊的鴉嶺。才剛紮好營寨，遼軍就來叫戰，潘仁美派遣兩將出戰，

沒想到才剛交手，一將中鞭、一將中箭，前後受傷回營，氣得潘仁美親自上陣，卻也敗北而回。

潘仁美回到帥帳，召來眾將商議：「想不到遼將的功夫那麼好，你們說說該怎麼辦？」

大家一時也想不出什麼好辦法，無言以對，這時護軍王侁對潘仁美使了個眼色，賊頭賊腦的說：「元帥，我想只有楊先鋒能抵擋得了這遼將，其他人恐怕不是對手。」

「這是什麼話？沒有人有辦法？」潘仁美拍桌大罵，接著話鋒一轉，問：「楊家父子是先鋒，怎麼到現在連人影都沒看到？」話才說完，士兵報說令公到了。

潘仁美急召令公父子三人入帳，劈頭就罵：「令公是這次北伐先鋒，你知道什麼叫做先鋒嗎？我都已經和敵軍打了好幾回合，你現在才悠哉前來？」他擺出嚴肅的表情說：「楊家父子延誤軍期，依照軍令，應該處死。來人啊！推出去斬了！」

令公沒有多作辯解，倒是楊六郎沉不住氣，開口說：「元帥，延誤軍期是事實，但實在是因為大遼發兵殺來，我們不得不擊退敵軍之後，才

楊家將演義

能前來會合！」楊六郎壓下內心怒氣，拱手說：「還希望元帥寬恕。」

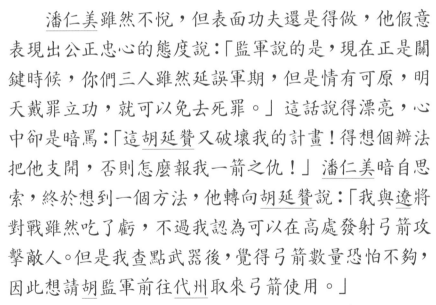

胡延贊也在一旁勸說：「元帥，現在正是用兵的時候，不如讓他們明天出陣敗敵，立功贖罪！」

潘仁美雖然不悅，但表面功夫還是得做，他假意表現出公正忠心的態度說：「監軍說的是，現在正是關鍵時候，你們三人雖然延誤軍期，但是情有可原，明天戴罪立功，就可以免去死罪。」這話說得漂亮，心中卻是暗罵：「這胡延贊又破壞我的計畫！得想個辦法把他支開，否則怎麼報我一箭之仇！」潘仁美暗自思索，終於想到一個方法，他轉向胡延贊說：「我與遼將對戰雖然吃了虧，不過我認為可以在高處發射弓箭攻擊敵人。但是我查點武器後，覺得弓箭數量恐怕不夠，因此想請胡監軍前往代州取來弓箭使用。」

胡延贊沒有察覺其中陰謀，立刻聽令前往代州。看著胡延贊離去的背影，潘仁美臉上的笑意漸漸藏不住了。

對於如何用兵令公腦中已經有了計策，他建議：

「從雄州到代州的路上，我聽說遼軍四處搶劫，現在蔚、朔兩城沒有什麼兵力，元帥可以派六郎埋伏在兩城之間，截斷援軍；我繞到兩城後方夾擊；元帥在此處和他們對抗，如此一來，就可以輕易擊退遼軍了！」

潘仁美聽完，大發雷霆：「你倒是好啊！依照你的說法，你父子是先鋒，卻遠遠躲到敵人後面，留我這元帥在這裡與敵人正面交鋒？」

令公急忙解釋：「元帥，我軍在這裡已經挖好壕溝、築高壁壘，您只需要守備，不必出戰。不用多久，我必定會帶著得勝的軍隊回來打敗遼軍！」

潘仁美哪管這麼多，他就是不想讓令公搶了功勞，大袖一揮，說：「哼！捨近求遠，根本就是推託！」

「報告！遼軍又來叫戰！」

潘仁美終於逮到了好機會，立刻下令：「令公快快前去迎戰。」

「元帥，今天的天候對我軍不利，加上遼軍剛剛才得了一勝，現在氣勢如虹。不如先不應戰，等遼軍鬆懈下來，我們再發兵殺出，到時候一定能大獲全勝。」令公冷靜的分析，可惜潘仁美聽不進去。

潘仁美酸溜溜的說：「要你出戰還得選個良辰吉日嗎？你可是先鋒啊，這樣推三阻四，難不成是害怕遼

楊家將演義

軍？這麼膽小，如何激勵軍心？」接著將臉色一沉，語氣強硬的說：「速速上陣，不要再推託了！」

王侁掩嘴偷笑，在一旁搧風點火說：「聽說令公有無敵將軍的稱號，今天卻一直不肯與遼軍對戰，難道……」他故意挑撥：「難道楊先鋒和遼軍已經有了約定，所以非得挑個『好』日子不可嗎？」這「好」字，王侁硬是拉得好長。

一向耿直盡忠的令公，怎麼受得了這些侮辱？他不禁端正臉色說：「我楊繼業早就不把生死放在心上，只是天候不佳，勉強出戰只會白白增加死傷。我只不過是一名降臣，聖上的不殺之恩及給予兵符的信任，我只能以死回報！今天我並不是害怕遼軍，只是想等他們鬆懈下來，可以輕鬆擊敗罷了。」他重重的嘆了口氣，接著說：「現在你們懷疑我有貳心，我怎麼敢再拒絕，只好身先士卒，抵抗遼軍。但我有一個請求：請元帥在陳家谷安排弓箭手作為援軍。」

潘仁美強壓住上揚的嘴角，點頭答應，令公等人退出帥帳，準備出征。

楊家將演義

「唉！希望元帥以國事為重，不要只想著報復我啊！」令公沮喪的說著：「昨夜觀星，已經有不祥的跡象，我想這次恐怕是凶多吉少。」抬頭看見遼軍軍旗，

畫著惡虎撲羊的圖案，他對楊六郎、楊七郎說：「惡虎撲羊，『楊』要怎麼活呢？」

楊六郎聽到令公的話，感到無限悲哀，打起精神說：「爹，不要說這些不吉利的話，怎麼能這樣就斷定吉凶呢？聖上洪福齊天，一定會庇蔭我們大獲全勝！」

令公沒有回答，與楊六郎、楊七郎率軍迎敵。俗話說：「隻手難敵眾拳。」楊家將雖然個個以一擋百，但即使眾人已經殺得手臂痠麻，人數眾多的遼軍卻怎麼殺也殺不完，如浪潮般一波一波撲向他們。令公只能節節敗退，且戰且走。到了陳家谷，看不見大宋援軍，令公忍不住大罵：「潘仁美你這老賊，果然是要陷我於死地！」

見遼軍密密麻麻的圍住谷口，楊七郎說：「請六哥保護爹在這裡耐心等候，讓我殺出去回鴉嶺找救兵。」

聽了楊七郎的話，令公忍不住流下淚，交代說：「七郎，千萬小心！否則我們這輩子恐怕無法再見面

了！」

　　楊六郎安慰令公：「爹，您放心，七弟去去就來，到時候一定能殺出重圍。」

　　遼軍沒想到有人會有膽量衝出來，還來不及反應，楊七郎已經單槍匹馬的遠去了。

第十章　七郎冤死

陳家谷這頭水深火熱，鴉嶺那頭卻是飲酒作樂。這天剛好是重陽節，潘仁美從陳家谷返回鴉嶺營寨後，就吩咐手下準備酒菜，開心的與手下將領欣賞黃菊、痛快飲酒。

宴會中，王侁舉起酒杯向潘仁美道賀：「恭喜元帥，賀喜元帥！終於除掉了心頭大患，以後就可以高枕無憂啦！」

潘仁美白了王侁一眼，假裝生氣的說：「你這話是要陷我於不義嗎？我照著令公的要求，率軍埋伏在陳家谷，等了許久卻沒有令公的消息，派人在高處查看也沒有看見令公，想必是令公早就打敗遼軍，我才收兵回寨。哪裡知道走了二十里後，才知道令公戰敗，就算要回頭相助也已經來不及啦！」

王侁點頭如搗蒜的附和說：「元帥說得是！不過令公號稱無敵，哪需要我們幫忙呢？」王侁舉起杯，笑說：「來，我敬元帥！」

潘仁美暗自心喜，大口乾杯，當他正要舉杯敬宴會中的將領時，眼中映入一個身影，他不禁一抖，杯中的酒還因此濺了出來。他大罵：「楊七郎，你好大的膽子！竟然敢帶劍闖入帥帳，是想要行刺我嗎？」

　　「我的父親及兄長被困在陳家谷，而元帥卻在這裡飲酒作樂？守營士兵遲遲不來通報元帥，我只好拔劍嚇退他們，絕對沒有行刺的意思。」想到父親及兄長有難，楊七郎稍稍壓抑怒氣，咬牙說：「請求元帥快發兵前往救援！」

　　潘仁美冷冷的笑了笑，冷嘲熱諷的說：「你父子不是一向被稱為『無敵』嗎？怎麼也會有這麼一天？」

　　楊七郎聽了潘仁美的冷言冷語，火冒三丈，不禁反駁：「這是因為元帥沒有遵守承諾，派弓箭手埋伏在陳家谷，才會讓我們陷入這樣的危險境地。」

　　「你倒是將過錯都推給我啦？今天如果不給你一點教訓，你還以為你是元帥不成？」潘仁美將酒杯往地上重重一摔，怒道：「來人啊！楊七郎拿劍進入帥帳，想要刺殺本帥，快拉出去斬了！」

　　眾人趕緊開口為楊七郎求情：「楊七郎雖然有罪，但是請元帥念在他護駕有功的分上，饒了他吧！而且他也是因為情況危急，一時亂了分寸，元帥大人有大

量，就不要和他計較了。」

就在潘仁美正在猶豫是否趁機除掉楊七郎時，餘光瞄到滿腹鬼胎的王佺在一旁擠眉弄眼，暗示他有辦法除去這個眼中釘。於是，潘仁美順水推舟，做了人情，對楊七郎說：「算了！我就不跟你計較了！發兵陳家谷的事，等我和其他將軍討論後，明天再做決定。」他揮揮手打發楊七郎退下。被楊七郎這麼一攪和，潘仁美也沒了飲酒賞花的興致，眾人也紛紛告退。

王佺故意走在最後面，潘仁美叫住他，兩人一陣竊竊私語後，潘仁美哈哈大笑，王佺則帶著奸詐的笑容離開帥帳。

當天晚上，楊七郎悶悶不樂的坐在營帳外，幾個小兵提著酒朝他走來。「楊將軍，明天元帥一定會發兵去救令公他們的，放心好了。來來來，喝點酒解解悶吧！」

楊七郎心中的鬱悶正找不到地方發洩，拿起酒就大口大口的喝了起來，幾個小兵也不懷好意的一直勸酒，沒多久楊七郎已經不勝酒力，醉倒在地。

「將軍，將軍。」小兵搖搖楊七郎，確定他已經醉得不省人事，趕緊拿出預藏的繩子，把他緊緊綁在樹上，然後以亂箭射死。可憐的楊七郎，一代英雄卻

死得不明不白。

潘仁美知道楊七郎已死，開心的吩咐陳林、柴敢把屍首丟到河裡。兩人到了河邊，丟下屍首，沒想到屍首沒有隨著流水漂走，反而逆向朝著岸邊漂來。楊七郎死不瞑目，兩眼直瞪著兩人。陳林對柴敢說：「楊將軍是護駕功臣，今天含冤而死，我們如果隱瞞這件事，將來朝廷查出真相，恐怕我們的小命不保。不如我們將屍首抬到八大王府告發元帥，你覺得如何？」

柴敢想了想，猶豫的說：「可是一路上關卡那麼多，恐怕很難一一矇混過去，再說我們也不是楊將軍的親人，怎麼替他伸冤呢？」兩人還在考慮該怎麼做，遠遠看見一個人騎著馬飛奔而來，那人竟然是楊六郎。

兩人飛奔向前，來到楊六郎馬下，楊六郎見是陳林和柴敢二人，急著問道：「七郎回來向元帥求救，你們知道情況怎麼樣了嗎？」

兩人將楊七郎與潘仁美爭執、被設計殺害、潘仁美交代棄屍的詳細情形，一一告訴楊六郎。楊六郎忍不住放聲大哭：「七弟，你死得好冤枉啊！我發誓一定會親手殺了潘仁美，為你報仇！」

陳林安慰楊六郎說：「將軍請節哀。不如將軍回京城向聖上稟告這件事，我們可以為你作證。」

「現在我爹被困在谷中，情況危急，最要緊的是先找到救兵。但是如果去找潘仁美，恐怕只是送死……胡監軍前往代州還沒回營……」楊六郎思考了一會兒，說：「麻煩二位幫我好好安葬七郎，我決定前往代州求助胡監軍。」離去前又吩咐二人：「還請二位回營後，千萬別洩漏了我回來求援的事。」兩人答應後，楊六郎立刻快馬奔往代州。

前往代州途中，楊六郎一見到胡延贊，翻身下馬，跪倒在地，哭著說：「叔父，請救救我爹！」胡延贊聽完楊六郎的話，拍著胸口，大聲保證：「我馬上前往陳家谷救令公，然後再上奏朝廷替七郎伸冤，要了潘仁美的老命！」

眾人正要啟程，忽然有一隊士兵追來，領兵的原來是陳林與柴敢。陳林上前稟告：「胡監軍、楊將軍，我們埋了楊七郎將軍，回營稟報潘仁美時，剛好有一個士兵進帳報告說見到楊六郎將軍回營，卻又往南而去的消息。潘仁美要派人捉拿將軍，我們擔心其他人會對將軍不利，所以自願前來。現在就和你們一起去陳家谷解救令公。」

楊六郎向二人道謝後，一行人十萬火急的趕往陳家谷。

楊家將演義

第十一章 令公死節

　　令公已經被困在陳家谷許多天，始終等不到救兵，擔心士兵在谷中餓死，於是帶兵殺了出去，沒想到卻中了敵人的陷阱，迷失路徑。問了鄉民，才知道進入了狼牙谷。

　　聽到「狼牙谷」三字，令公心中一驚，說道：「唉！羊入狼口，這不是死路一條嗎？」因此又想奮勇突圍。可惜密集的戰鬥讓士兵們已經非常疲憊，遼軍又追得緊，令公看見不遠處有一座廟，於是率領眾人前往，準備休息。走近一看，才知道原來是李陵廟。只是庭院滿地落葉，廟門歪倒一邊，一片荒涼的模樣，看起來已經很久沒有人來過了。沒想到奉祀一代忠臣的廟宇，竟然如此殘破不堪？

　　想到李陵的遭遇，令公竟然覺得與自己有些相似。李陵英勇抗敵，深入敵軍，率領一千士兵對抗多出數倍

的匈奴人，甚至就要直搗匈奴朝廷，讓匈奴單于＊萬分懼怕。可惜李廣利不發援兵，最後李陵只好投降。

令公看著李陵廟前的碑石發愣，心想：「我楊繼業也是猛將一名，卻被潘仁美陷害；七郎、六郎前去取兵，又遲遲沒有回來，如今才會這麼狼狽。唉！難道我楊繼業也要走上李陵投降的路？不！絕不！」令公搖搖頭，看著疲憊不堪的士兵，嘆了口氣，又想：「潘仁美為了報私仇，卻連累那麼多士兵。聖上對我恩重如山，原本想捍衛邊疆以報答恩情，沒想到遭奸人陷害，最後竟然被困在這裡。唉！我還有什麼臉回去見聖上？現在外面沒有救援，又被遼軍團團包圍，恐怕是逃不過這一劫了。我號稱無敵將軍，如果被遼人活捉，只怕會受盡恥辱，不如……」

令公抬頭看著天空，一片晴朗。一陣清風捲起滿地黃葉，發出沙沙聲響，風過葉落，紛紛墜在李陵碑前。令公閉上眼，皺著眉，深吸一口氣，又重重的吐出，張開眼，眼中隱約閃著光芒，他緩緩取下頭上的紫金盔，慎重的捧在手上，對眾人說：「各位，我楊繼業十分幸運，能和你們一起上戰場殺敵，為國效力！

＊單于：漢朝時匈奴君長的稱號。

楊家將演義

今天被逼到絕境，實在是因為潘仁美一心只想公報私仇，才會連累你們受苦。大家都有父母妻子，沒有必要跟我一起死在這裡，不如各自離去，如果能回到京城，請幫我稟告聖上，傳達冤情。」

眾人不禁傷心落淚，感動得不能自已。「願與將軍同生死！」一名士兵大喊。

「願與將軍同生死！願與將軍同生死！」所有士兵齊聲吶喊，聲音響徹雲霄，驚起一群林中鳥，撲撲拍翅朝天邊飛去。

心意已決，令公朝大宋所在的南方一拜，喃喃說道：「聖上請保重身體，老臣不能再為您效命了！」眾人看見令公的行為，以為令公決定和遼軍決一死戰，也都視死如歸。忽然令公朝李陵碑撞去，眾人還來不及反應，令公已經氣絕身亡。

令公的鮮血沿著李陵碑緩緩流下，士兵們的熱淚也爬滿雙頰。

「殺！殺！砍他幾個頭來給令公陪葬！」

「殺出一條血路，回去稟告聖上，為令公伸冤！」眾人化悲憤為力量，奮勇殺出狼牙谷，與遼軍展開激戰，直到最後一人倒下！這壯烈的一戰，連遼軍也不禁為他們紅了眼眶。

　　楊六郎風塵僕僕的趕來，等待他的卻是令公撞死的消息。他從遼軍手中奪回了令公的金刀，令公的屍首卻被遼軍奪走。楊六郎撫著金刀，痛哭失聲，一時昏了過去，過了許久才慢慢轉醒。「爹的死訊竟然從遼軍口中得知，爹的屍首……」說到這兒，楊六郎又泣不成聲，胡延贊在一旁也只能連聲嘆息，安慰楊六郎說：「現在就算你哭死也沒有用，還不如打起精神，想辦法回京為你爹與弟弟伸冤。我們違背軍令，帶兵幫助你解救令公，我想潘仁美肯定不會放過我們，只能暫時先躲起來了。」

　　楊六郎振作精神，說：「叔父說得是！我和潘仁美有不共戴天之仇，只是連累了叔父與兩位將軍，我在這裡先謝過你們了。將來如果有機會面見聖上，還請你們能為我作證。我們就在這裡分別吧，請受我一拜。」楊六郎拱手一拜，接著翻身上馬，出谷而去。

出了谷口，<u>楊六郎</u>瞧見遠處有一個熟悉的身影策馬而來。「難道是……」楊六郎仔細一看，開心的大叫：「真的是五哥！」

<u>楊五郎</u>見到<u>楊六郎</u>，沒有下馬，只說：「這個地方不方便談話，跟我上<u>五臺山</u>。」

「一直沒有五哥的消息，你怎麼會在這裡呢？」一到<u>五臺山</u>，<u>楊六郎</u>立刻迫不及待的問。

<u>楊五郎</u>回答：「那天被<u>遼軍</u>逼急了，無處可逃，不得已削髮上了<u>五臺山</u>。不知道爹與其他兄弟怎麼樣了？」

<u>楊六郎</u>想到家人慘死，還沒開口，眼淚先流了下來，哽咽著將情況一一告訴<u>楊五郎</u>。

「<u>潘仁美</u>這奸人，我和他勢不兩立！六弟，你也不必冒險去京城了，今天我就殺到<u>潘仁美</u>營中，將他碎屍萬段！」<u>楊五郎</u>臉上青筋暴露，雙手握拳，怒氣沖沖。

<u>楊六郎</u>趕緊阻止：「五哥，千萬不要衝動！<u>潘仁美</u>是朝廷命官，雖然害死爹與七弟，但沒有聖上旨意就殺他，一定會被冠上陣前反叛、謀殺元帥的重罪啊！這樣一來，我們不但無法為爹他們伸冤，反而是惹禍上身！」

楊五郎想了想，點點頭說：「你說得對！只是我現在已經出家，不方便和你入京，一切就拜託你了。」楊五郎又想到了令婆，不禁鼻酸，哽咽的說：「還有，我楊五郎不孝，無法再對母親盡孝，麻煩六弟代我孝順母親。」

楊六郎握著楊五郎的手說：「五哥放心，等我的好消息！」告別楊五郎後，楊六郎便馬不停蹄的趕往京城。

第十二章　六郎伸冤

　　楊六郎沿途幾次有驚無險的逃過潘仁美所設下的天羅地網，日夜趕路之下，京城終於就在眼前了！楊六郎看見不遠處有一家小酒館，便下馬走入店裡，叫些酒菜充飢，順便休息一下。

　　隔壁桌坐著幾個商人，正聊著京城最近鬧得沸沸揚揚的大事。

　　「你們有沒有聽說啊？楊家父子造反了！」

　　「這有誰不知道啊？潘仁美元帥派人回來稟奏，皇上聽了十分生氣，將無佞府的家眷全都捉起來了，本來要立刻處決，是八大王向皇上求情才暫時押在天牢，要不然的話早就……」說話這人做了個橫畫脖子的手勢。

　　「是啊！畢竟楊家父子曾經救過皇上呢！所以皇上才會聽八大王的建議，派人到北方查訪，聽說如果查到楊家父子是真的反了，就要馬上斬了楊家家眷呢。」

「我說啊，那楊繼業一定是投靠遼國去了！他本來就是北漢的降臣，如果叛宋投遼，一點也不讓人感到意外。」

「可是，我聽說楊家將對皇上都是忠心耿耿，而且為了保護皇上，楊家長子、二子、三子都戰死了，四子和五子生死未卜，恐怕也凶多吉少，怎麼可能會背叛大宋呢？」幾個人七嘴八舌，各自抒發自己的意見。

楊六郎聽著他們的對話，內心的怒火越燒越旺，心想：「可惡的潘仁美竟然惡人先告狀，父親慘死，母親等人被關在天牢，現在我肯定是潘仁美眼中最大的一根釘子，他絕對不可能輕易的放過我，一定會派人將無佞府看守得非常嚴密，看來我是有家歸不得了。只好暫時在這酒館住下來，再想辦法躲過潘仁美的眼線，進奏陛下。」楊六郎獨自坐著，一言不發，悶悶的喝著酒。

忽然有一個溫文儒雅的書生，臉上掛著神祕的微笑，口中喃喃的說：「踏破鐵鞋無覓處，得來全不費功夫。」接著便筆直的朝楊六郎走來。他拱手行禮，客氣的說：「這位大哥，打擾了。這小酒館客滿，小弟我能不能跟大哥共用一桌？」

楊六郎看了看這間不算大的酒館，雖然有不少客人，但也不至於到得與他共用一桌的地步，心裡不禁有些懷疑。他抬頭看了書生一眼，見他長得十分俊雅，氣質不凡，想想和他共桌也沒什麼關係，便將手一伸，做了個「請」的手勢。

書生一坐定，就深深嘆了口氣：「唉！雖然有滿腹文章，可惜卻填不飽肚皮！」

楊六郎聽見書生嘆氣，忍不住好奇的問：「您是哪裡人？怎麼好像有心事？」

「我是雄州人，叫王欽，因為進京考試，多次名落孫山，所以心中煩悶啊！」說完，王欽盯著楊六郎，看了好一會兒，才開口說：「恕我冒昧，見大哥似乎也有滿腹憂悶，只怕更勝於我！假使大哥不嫌棄，我願意為大哥分憂，幫忙出些主意！」

楊六郎聽王欽「大哥、大哥」的叫，叫得他不禁想起楊七郎，一陣心酸，又多喝了幾杯酒，滿腔的悲憤也就毫不隱瞞的告訴王欽了。

王欽雙目含淚，激動的說：「將軍怎麼不上奏天子，為他們伸冤報仇？」

楊六郎一臉悲悽，回答：「每次提筆，想到父親與弟弟的遭遇，悲從中來，不由得淚如雨下，紙張都溼

透了，所以一直無法完成奏疏＊。」

「這不難，我可以幫將軍寫。」王欽熱心的說。

「那就拜託您了！」楊六郎十分感激。他請店家準備酒菜，並邀請王欽到自己房間，對他傾訴內心的悲苦。王欽立刻下筆，沒多久一篇文情並茂的奏疏已經完成。

楊六郎讀著奏疏，不禁讚嘆：「您的文采如此高妙，怎麼會考不上呢？」忍不住對他謝了又謝：「還請您告訴我住處，等我成功進奏後，我一定會專程前往致謝！」

「區區小事，不必放在心上！」兩人暢談心事，直到夜深，王欽才告辭離去。

隔天，楊六郎走在僻靜小路，彎彎曲曲，閃閃躲躲，就怕遇上潘仁美的爪牙，他好不容易來到午門＊，卻突然遇到七王。

正想要躲避時，楊六郎轉念一想：「皇上現在被潘仁美迷惑，恐怕聽不進我所說的話。七王是皇上的親生兒子，如果請七王幫忙，或許皇上比較能冷靜分析事情的真假。」因此上前攔住車隊，七王發現是楊六

楊家將演義

＊奏疏：古代臣子向君王進奏文書的統稱。

＊午門：宮城的正門通常居中，位於南北縱軸上，也就是子午軸上，故稱午門。

郎，立刻請他一起回七王府，然後再把事情經過說清楚。

一到王府，七王馬上開口問：「潘仁美說你們父子反了，這是真的嗎？」

楊六郎雙腳一跪，遞上奏疏，大喊：「冤枉，請您幫忙伸冤！」

看完奏疏，七王瞭解了事情的來龍去脈，建議楊六郎趕緊到宮門外擊鼓鳴冤，以免錯失良機，驚動朝中奸人。擬定好計畫後，七王忽然問：「這奏疏文辭精妙，不知道是誰寫的？」

「這是一名雄州書生王欽所寫。」

七王出於愛才之心，又追問：「你知道王欽在什麼地方嗎？本王想見見他。」

楊六郎將王欽住處告訴七王後就告退離開。經由楊六郎的推薦，王欽拜見七王，與七王相談甚歡，七王對王欽的才能也佩服不已，立即邀請王欽進入七王府擔任幕僚，為他出謀劃策。

楊六郎小心翼翼的來到宮門外，拿起鼓棒用力敲擊，彷彿親人的冤屈可以藉由鼓聲傳到皇上耳裡。設置這鼓的用意，不就是為了讓人民的冤情能直接傳到皇上耳裡的嗎？楊六郎敲得聲聲心痛，卻也敲得聲聲充滿期待。過了一會兒，楊六郎就被守衛捉去面見太宗。

太宗看完楊六郎的奏疏，氣得雙手顫抖，大罵：「潘仁美真是太過分了！陷害令公與楊七郎，居然還誣告楊家父子背叛朝廷！」太宗舉起微微發顫的手，指著金鑾殿下的党進說：「党進聽令，立即捉拿潘仁美回朝治罪。至於潘仁美元帥的位子，由楊靜接替。」

八大王設想比較周到，上奏：「陛下，恐怕天高皇帝遠啊！潘仁美如果抗旨，不肯交出帥印，也不肯認罪，那要怎麼處置？」他停了一下，不等太宗回答，又接著說：「臣有一個連環計……」

太宗點頭答應，八大王仔細將計畫告訴党進、楊

靜，兩人領旨後，馬上啟程。

　　楊六郎看著兩人離去的背影，內心沒有沉冤得雪的暢快，卻隱約有種不安的情緒湧上心頭。告退後，他與寇準也依照八大王的計畫暗中進行準備。

　　聽說朝廷派遣使者來到鴉嶺，潘仁美忍不住大吃一驚，急忙請党進、楊靜進入帥帳。党進立即說明來意：「元帥前些日子上奏楊令公父子背叛朝廷，聖上將楊府一家押在天牢，等元帥回京後就要處斬。想不到有奸細來到京城，說楊家父子是被元帥陷害，而且元帥已經投靠遼國，帥印也獻給遼太后了。聖上聽完原本要召回元帥與奸細對質……」

　　党進說到這裡特別停了一下，偷偷觀察潘仁美，見他冷汗冒個不停，笑著說：「不過，元帥不用太擔心，我已經奏明聖上，邊疆地區離京城這麼遠，消息傳達上可能有些錯誤。」党進又看了潘仁美一眼，才說：「我還自告奮勇的向聖上建議，不如我先來確認，如果帥印還在，就是有人要陷害元帥，這樣就不用召回元帥，以免遼軍趁機攻擊。」

　　潘仁美的臉色由紅轉白，再由白轉綠，擔心的情緒全寫在臉上，卻只能假裝鎮定，乖乖的把帥印拿了

楊家將演義

出來。黨進忍不住心想：「八大王神機妙算，這個計畫已經成功一半啦！」他不動聲色的接過帥印，立即從懷中拿出聖旨，冷冷的說：「潘仁美接旨。」

「吾皇萬歲、萬歲、萬萬歲！」潘仁美跪下接旨。

「朕命令楊靜接替潘仁美為征遼元帥，派遣黨進捉拿潘仁美、王侁等人，先押在太原，等候判決。違命者斬。」

潘仁美雖然心中已經有底，仍然惱羞成怒的質問黨進：「我犯了什麼錯，聖上要捉拿我治罪？可惜我一心為國，還拖著老命出征，結果卻得到這樣的下場。」

黨進生氣的說：「你自己做的事還假裝不知道？楊六郎已經把事情都告訴聖上了。」

「可惡！他父子背叛朝廷，現在卻陷害起我來了！」潘仁美內心十分害怕，卻依然不肯認錯。

黨進不想再和他爭辯，將帥印交給楊靜後，就押著潘仁美等人前往太原，潘仁美被押往皈依寺，王侁

91

則押往申明閣，然後党進便先回京城去了。

　　潘仁美雖然被嚴密看守，不過還可以自由活動。他想，如果太宗知道真相，他的老命肯定不保，但如果寶貝女兒潘妃向太宗說些好聽話，或許……為了保住性命，潘仁美趕緊祕密派人向潘妃求救。

　　這天，潘仁美在寺中閒逛，聽到寺中僧人前往迎接新任府尹＊的消息，打探之下，才知道是寇準被貶到這兒來當府尹。他暗自想著：「這寇準也是我舊日同僚，不如請他來寺中一聚，順便問問朝廷中的事情！」於是，隔天便準備筵席宴請寇準。

　　寇準一見到潘仁美就熱絡的寒暄，酒過三巡後，潘仁美忍不住問：「我聽說楊六郎那傢伙去擊鼓鳴冤，說我害了他們父子，不知道這件事是不是真的？」

　　寇準回答：「是啊！就是他誣告元帥，多虧了潘娘娘力保。但是八大王卻與楊六郎同一個鼻孔出氣，我看不過去，替你說了幾句話，卻被八大王陷害，所以才會被貶到這兒來。」寇準嘆了一口氣，接著說：「原本聖上是要聽潘娘娘的話，赦免元帥，只是礙於八大王阻撓，所以才暫時將你安頓在這裡，我想你應該不

＊府尹：一府的最高行政長官，屬於地方官。

楊家將演義

會有什麼重罪。倒是可憐了我這把老骨頭，還流落到這個地方當什麼府尹。」寇準又嘆了一口氣，抱怨的說：「元帥啊！我倒有一事怨你做得不夠妥當……」

「什麼事？」潘仁美問。

寇準壓低音量說：「就是怨元帥沒有殺了楊六郎，才會讓你我落到今天的地步。如果當時你可以斬草除根，今天還有誰能來復仇？」

潘仁美原本以為寇準與楊家關係深厚，他只是想探探朝廷的事，沒想到寇準竟然和他站在同一陣線，於是卸下心防，對他說：「丞相說的對！當初我派人捉拿楊六郎，往京城的沿途，也安排不少人馬嚴加把守各個關卡，但不知道這楊六郎有什麼通天本領，竟然

能夠逃回京城，還到聖上面前告了我一狀！」

寇準忽然向四周張望了一下，用手掩著嘴，低聲問潘仁美：「先不說這楊六郎了！我聽說元帥算計令公和楊七郎的計策十分高妙啊！我還希望請元帥給我指點指點呢！」

潘仁美見沒有旁人，心裡又沒有提防寇準，就將如何陷害令公、射殺七郎的事一一說給寇準聽。

寇準忍住怒氣，皮笑肉不笑的問：「真有這種事？你該不會是拿醉話來誆我吧！」

「今天是丞相問起了我才告訴你。如果是其他人，我才不肯說呢。」潘仁美拍著胸脯，一臉奸詐。

聽到這兒，寇準哪裡還沉得住氣？他立刻翻臉怒罵：「你這陷害忠良、欺君誤國的惡人，該當何罪？來人啊！將他拿下。」

剎那間，不知道從哪兒冒出來的衙役，上前制服潘仁美。皈依寺長老也緩緩從門外走進來，向寇準遞上潘仁美的口供，說：「奉丞相的旨意，潘仁美說一句，我寫一句，不敢有任何差錯。」

潘仁美已經被壓制在地，卻還是嘴硬，怒氣沖沖的說：「丞相你發酒瘋嗎？我犯了什麼罪要捉我？」

「那就請長老將口供念給他聽，看他怎麼狡辯。」

楊家將演義

寇準冷冷的看著潘仁美，眼神充滿了不屑與恨意。

長老一句一句的念，潘仁美臉色一點一點的變，他心想：「糟了！原來寇準是來套我的口供，這該怎麼辦？」長老讀完口供，潘仁美仍不認罪：「那只是我的醉話，不能夠當作證據！」

寇準用力拍桌，大罵：「潘仁美，你還敢抵賴，我剛剛問你是不是醉話，你說不是，更何況酒後吐真言，你現在還狡辯！」

潘仁美惱羞成怒，反唇相譏：「你只不過是個小小的太原府尹，有什麼權力判我的罪？」

「你這傢伙還敢嘴硬？我就讓你啞口無言。」寇準轉身喚人取來聖旨，對潘仁美說：「皇上特地要我來審問你誣賴楊家父子造反的實情，你可以看看我這個太原府尹能不能辦你！」

潘仁美心生一計，說：「沒有楊家人跟我對證，你只靠片面之詞，怎麼能公正評斷？」

寇準嘴角微揚，對著窗外喊了一聲：「楊六郎在哪裡？」

「六郎在這裡等候多時了！」楊六郎大步走入，潘仁美面色如土。楊六郎指著潘仁美大罵：「你讓我爹命喪狼牙谷，又亂箭射死我七弟，如今已經東窗事發，

你還不認罪？」

　　看著楊六郎怒目圓睜，潘仁美支支吾吾的說：「你、你……都是你擅離職守，想回家帶著親人一起投靠遼國，知道他們已經被關在天牢，你沒有辦法，才只好陷害我，你、你該當何罪？」

　　楊六郎氣得七竅生煙，拳頭緊握，就想要衝上前去好好痛打潘仁美一頓。

　　「六郎，不要衝動！」寇準出聲制止，接著說：「我看不用刑的話，他是不會招的。來人啊！把潘仁美押下去，等我升堂，再來好好審問審問他。」

　　押走潘仁美後，寇準吩咐：「立刻去申明閣，就說太原府尹邀請潘元帥與王將軍前來聚會，元帥已經到了，只等他來。想必他不會起疑，他一到就馬上捉起來。」

　　王佋果然中計！相關人犯及證人都已經到齊，寇準升堂，先審潘仁美。

　　寇準拿起驚堂木*一拍，喝斥說：「潘仁美，你快點從實招來，免得受皮肉之苦。」

楊家將演義

---

*驚堂木：又稱「醒木」。古代審判官在公案上放置的小木塊，用來拍打桌面，以嚴肅法堂、壯官威、震懾受審者。

「丞相別聽楊六郎胡說，我有證人為我作證！」潘仁美喚出幾十名軍士，對他們說：「快將楊家父子的造反的情形說給丞相聽。」這些人紛紛跪下，辯解說是楊家父子造反不成，反過來陷害潘仁美。

說到證人，楊六郎忽然想到陳林與柴敢二人，向寇準稟告：「丞相，當時潘仁美射死七郎，曾命令陳林、柴敢把屍體丟棄在河中。他們二人可以作證。」

寇準找來了陳林、柴敢及胡延贊為楊六郎作證，同時派人將楊七郎的屍首挖出來。楊七郎的胸口密密麻麻的插滿了七十二支箭，慘不忍睹。

潘仁美怎麼可能乖乖等死？他把握寇準找尋證人、檢查屍首的機會，趁著這段時間，馬上寫信再向潘妃求救。

等到證據齊全，寇準再度升堂，潘仁美與王侁跪在堂下準備受審。想到楊七郎慘死的樣子，寇準不禁感嘆：「一個英雄竟然遭遇這樣子的災禍！」他指著潘仁美，恨恨的說：「如今你犯罪的證據就擺在眼前，你還有什麼話說？」

「這是王侁做的，與我無關！」潘仁美將頭一撇，怎麼也不肯認罪。

楊家將演義

　　寇準深吸一口氣，心想：「這惡人還嘴硬！無法用這項罪名治你，沒關係……」他轉頭對王佖說：「王佖，你謀害楊七郎，不可原諒，應該處死。來人啊！把王佖拉出去斬了！」

　　不理會王佖苦苦哀求，寇準宣判他的死罪並行刑後，臉上露出一股難解的笑容，緩緩的說：「潘仁美，楊七郎的死就算與你無關，但你誣陷楊家父子造反，這可是犯了欺君大罪，依照律法，也是死罪一條。」不等潘仁美狡辯，寇準立刻準備將他斬首。

　　就在潘仁美以為自己肯定沒命時，忽然聽到：「聖旨到！」

　　所有人停下動作，下跪接旨。使臣急忙走進公堂，宣讀太宗的旨意：「丞相寇準審問潘仁美，已經確定潘仁美的罪行，立刻將他押回京城，等候宣判。」

　　事情發生得太過突然，眾人一陣錯愕，無法立刻處死潘仁美，雖然失望，但也只能遵從聖旨。

　　一行人回京後，寇準稟告太宗有關潘仁美陷害令公、殺死七郎、誣陷楊家父子等等事情，人證、物證俱全，應該判處死刑。但是太宗顧念潘妃，因此赦免潘仁美死罪，只判廷杖一百，然後貶官到雷州。另一

方面追封楊令公與楊七郎，至於胡延贊卻因為擅自行動，降軍階三級；楊六郎也因同一罪行，充軍*鄭州一年；楊家家眷則無罪釋放。

退朝後，楊六郎走到午門，放聲大哭：「父弟之仇，不共戴天！沒想到，潘仁美運氣這麼好，竟然獲得赦免不死，我卻反而得到刑罰。天理何在啊？爹、七弟，我對不起你們！我還有什麼臉活下去？」說著，他便想要撞死在午門前。

幸好八大王急忙拉住他，安慰說：「六郎，留得青山在，不怕沒柴燒！你一死，只會讓小人更加得意。本王倒有一計……」只見八大王雙唇開開合合，楊六郎的嘴角漸漸上揚，表情也緩和下來。

隔天，八大王進宮，一臉疲憊與驚恐的表情引起太宗注意。八大王說：「昨天夜裡，我做了一個很不吉祥的夢，恐怕我將會發生什麼意外，所以特地來請求陛下賜給我一張免除罪行的證明，讓我安心。」太宗立刻同意了這項請求。

忽然侍者前來報告：「稟告陛下，楊六郎殺了潘仁美，現在正在午門外等候您的判決。」太宗又驚又怒，

---

*充軍：古代讓罪犯到偏遠地方服役。

楊家將演義

命令屬下捉拿楊六郎，準備將他斬首示眾。

八大王立即上前說：「陛下，請赦免楊六郎的罪。」他高舉著剛才得到的免罪證明。太宗這時才恍然大悟，原來是八大王用計殺害潘仁美，並為楊六郎準備好了退路。太宗無可奈何，只好不追究這件事。而楊六郎親手報了父弟之仇後，就前往鄭州服刑。

一第十四章 楊家將退遼

　　轉眼間，楊六郎到鄭州已經一年，這一年京城發生了一件大事。

　　原來是太宗沒有立太子，讓七王擔心八大王會搶走他的皇位，王欽建議先下手為強，七王便依照王欽的計謀要毒殺八大王。幸好當時一陣狂風吹倒酒杯，毒酒潑灑在地，現出一片紅光，八大王嚇了一跳，趕緊假裝身體不舒服，離開宴席，才得以逃過一劫。

　　太宗本來要將皇位傳給八大王，但是八大王不接受。不久後太宗駕崩，傳位給七王，成為真宗。王欽也因此進入權力中心，成為真宗的心腹，真宗對他可以說是言聽計從。後來，王欽設計想毒殺八

大王的事情被發現，八大王雖知當時真宗應知道實情，為保全大局，因此面奏真宗，只讓罪過由王欽承擔。真宗無奈，又不得不懲處，因此在偏殿中處罰了王欽，從此八大王便與王欽結下梁子。八大王心知肚明，表面上王欽對真宗忠心耿耿，處處為大宋設想，私底下這王欽分明就是披著羊皮的狼，正一步步引著真宗走進虎口。

　　事情還沒落幕，遼國又丟來了個震撼彈。

　　遼太后收到一封祕密信件，內容是說，宋朝皇帝剛登基，朝廷還不穩定，而且楊家已經沒有能出征的人才，如果趁這個機會出兵，中原唾手可得。不過遼太后做事一向謹慎，不敢只憑一封信就發兵，因此依照群臣的建議，派人送信給真宗，說是慶祝真宗即位，為了表示友好，特別邀請真宗前往遼宋邊境打獵。

　　真宗明白，雖然說是打獵，但是遼國挑釁的成分居多，因此聽從寇準的建議，精選能者，準備展現宋軍軍力，以消除遼國對中原的非分之心，至於他心目中能者的第一人選當然是楊六郎。但是當他派人前往鄭州要召回楊六郎時，鄭州卻回覆說楊六郎刑期已滿，早就返回京城了。真宗派人到無佞府詢問，令婆卻說楊六郎到鄭州之後，就失去了聯絡，現在也不知道他

人在哪裡。

遲遲沒有楊六郎的下落，邊境卻一直傳來遼軍趁機搶劫財物、殺傷百姓的消息。真宗悶悶不樂，因此又派了八大王到無佞府，希望能知道楊六郎的消息。

八大王到了無佞府，拜見令婆，見到令婆經歷喪夫、喪子與無妄的牢獄之災後，頭髮斑白，拄著枴杖，由女兒八娘和九妹左右攙扶著，緩緩走進大廳。八大王驚訝──令婆竟然變得這麼蒼老。

簡單問候幾句後，八大王直接問：「令婆知道六郎在哪裡嗎？」

令婆沒有回答八大王的問題，反而問他：「八大王，您與楊家交情很好，對楊家也很照顧，不過您知道楊家現在剩下幾名男丁嗎？」她滄桑的嗓音直透人心，讓八大王一時之間鼻子也酸了。

令婆接著說：「楊家一心為國，得到陛下器重，委託重責大任。不過繼業死在狼牙谷，被遼軍奪走屍骨，到現在楊家後代還無法為他送終、祭拜；淵平、二郎、三郎戰死沙場；四郎生死未卜；五郎去了五臺山出家，無法盡孝；七郎為國效力，卻被潘仁美亂箭射死。楊家上下孤兒寡母，還能依靠誰？只剩下六郎……」說到這兒，令婆的聲音有點啞了，「我想八大王一定能體

楊家將演義

會一個母親愛護孩子的心理吧！」

八大王被令婆堵得說不出話，但為了國家安危，他還是硬著頭皮勸：「但是遼軍現在正騷擾邊境，陛下信賴楊家，因此才會特地徵召六郎，希望令婆以國為重啊！」

令婆當然明白事情的輕重，但她心裡煩憂，還拿不定主意，便說：「不過我很久沒有六郎的消息了，我再派人去鄭州問問，請您先這麼回覆陛下吧。」

八大王知道令婆的為難，也只好照令婆的意思回報真宗。由於軍情緊急，真宗派寇準和賈能帶領三萬兵馬前往邊境。令婆得知消息，猜想寇準和賈能無法對付遼軍，如果遼國以為宋朝沒有人才而決定全力開戰，造成百姓傷亡，那豈不是楊家的罪過了嗎？

反覆思索後，令婆找來楊六郎，說：「遼太后雖然派兵前來說是邀請皇上前去打獵，但一定有侵略宋朝的野心。我想丞相與賈能不是遼軍的對手，你……就去吧！」

其實楊六郎聽到令婆和八大王的對話，早就差點忍不住衝出去，向八大王表明願意前去退敵的心意，只不過沒

楊家將演義

有得到令婆的同意，他也只能握緊拳頭，壓下滿腔的熱血。現在聽到令婆這樣說，他馬上毫不猶豫的答應，而站在一旁的八娘與九妹也說願意同去對抗遼軍，令婆看著她們堅決的眼神，含淚答應。

三人抵達邊境時，就見到宋遼兩軍正在對峙。擅長射箭的遼軍將領土金秀全副武裝，右方是槍法一流的麻哩招吉，而刀法精湛的麻哩慶吉則站在左方，三人一字站開。楊六郎心想：「這三名猛將應該是來試探宋軍實力，如果有人能抵擋他們，那就再找時機侵宋，否則就可以立刻出兵。」楊六郎擔心的是雖然宋有三萬大軍，聲勢浩大，但萬一寇準與賈能……

楊六郎正想著，就聽到土金秀命令屬下立起箭靶，挑釁的說：「我國為了表達對你們新皇帝即位的祝賀，特地邀請他一起來打獵，可是怎麼沒看見你們的新皇帝呢？難不成是怕我們吃了他嗎？」

寇準從容回答：「陛下剛即位不久，忙著治理國家都來不及了，哪有時間來這裡沾染你們的陋習啊！」

土金秀還沒開口，麻哩招吉就氣得大聲怒罵：「我們不會講什麼大道理，只會奪宋旗、斬宋將！你們如

果有厲害的人，就出來和我打一場，不用廢話那麼多。」

賈能聽到這話，忍不住向前，說：「我賈能就來和你過過招。」

麻哩招吉衝了過來，才交戰幾回合，賈能已經抵擋不住，中槍落馬。八娘看不下去麻哩招吉囂張的樣子，騎著青驄馬飛奔上前，拋出紅綿套索，麻哩招吉被絆倒，狼狽的摔在地上，被八娘活捉。

麻哩慶吉看見哥哥麻哩招吉被捉，馬上舉刀衝出，大喊：「快把我哥哥放回來，否則別怪我殺光你們！」

宋軍一名將領剛和麻哩慶吉交手，就被他打得節節敗退，麻哩慶吉得意的神情讓九妹覺得十分礙眼，舞刀迎敵。兩人勢均力敵，難分勝負，麻哩慶吉不禁急了，竟露出破綻，九妹趁機斜揮一刀，砍下麻哩慶吉的人頭。

兩名猛將先後落敗，土金秀氣得火冒三丈，咬牙說：「你們有人敢和我比箭嗎？」

一名宋將上前，土金秀瞄了他一眼，不禁冷笑。土金秀彎弓搭箭，連續三箭都命中紅心，宋將三箭卻只中了一箭。土金秀說：「你們比箭輸了，快把麻哩招吉還來。」

楊六郎在一旁觀看了許久，早就手癢了。「我楊六

郎來與你比劃比劃。」說完便取出身後大弓一把，連射三箭也全部命中紅心，所有人忍不住大呼精采。

楊六郎笑著對土金秀說：「看你也不是很厲害，怎麼敢在這裡耀武揚威？」他遞出手上的弓，說：「你說你的箭法高超，我這把弓借給你試試，看你用這把弓能不能也射中？」

土金秀接過弓一看，心想不過就是把普通的弓嘛！他輕率的用五分力一拉，弓弦卻動也不動，又逐漸將力氣加到七分、九分，最後用盡全力，但不管怎麼試，弓弦就像被緊緊定住，怎麼拉也拉不開。土金秀大吃一驚，心裡暗自讚嘆：「他真是有如神人轉世啊！」

土金秀找不到臺階下，不知該如何是好時，寇準對他說：「今天你見識到大宋高手如雲，現在我將麻哩招吉放回去，你回去告訴遼太后，以後別隨便挑起戰爭，否則絕對不會放過你們！」土金秀帶著麻哩招吉，灰頭土臉的返回遼國。

楊六郎跟著寇準回到營寨，寇準說：「今天要不是你來相助，恐怕真的沒有人能對抗遼軍。」

「丞相過獎了！能盡棉薄之力為大宋退敵，其實是我楊六郎三生有幸啊！」楊六郎謙遜的說。

寇準問：「剛才有兩位女將威猛無比，完全不輸給

男子，我猜她們是楊家女將？」

　　八娘與九妹從楊六郎身後走了出來，向寇準行禮，說：「我是楊令公長女八娘，見過丞相。」「我是楊令公次女九妹，見過丞相。」

　　「哈哈！大宋有你們這麼優秀的將領，實在是皇上的福氣，也是百姓的幸運啊！」寇準把楊家將的功勞記錄下來，準備回京城時再請真宗論功行賞。

　　一行人凱旋而歸，十分風光！

第十五章　六郎收猛將

　　金鑾殿上，真宗龍心大悅，賞賜各個有功將領，更特別慰勞楊六郎：「前一段時間沒有你的消息，朕煩惱到無法入睡，現在聽到你退遼的好消息，朕又要高興得睡不著覺了！哈哈哈！」接著說：「這一次你的功勞最大，應該封你什麼職位呢？」

　　寇準上奏說：「應該封節使*的職位。」

　　楊六郎拱手行禮，說：「臣曾經犯下死罪，陛下能救免臣一死，已經是難以回報的恩惠了。今天微小的功勞怎麼敢接受賞賜呢？如果陛下要賜官，那就請讓臣當佳山寨巡檢*吧。」

　　「你們父子忠心為國，先帝十分讚賞。現在你又建立了大退遼軍的功勞，怎麼能只當這小小的官呢？」真宗大吃一驚。

＊節使：即節度使。

＊巡檢：宋朝設置，是掌理邊境或關隘要地的地方官員。通常都是武臣擔任，管理數州數縣，握有兵權。

「臣想當佳山寨巡檢有三個原因：第一，臣私自前往邊境，陛下不怪罪反而封大官，恐怕會讓人以為陛下賞罰不公；第二，佳山寨靠近幽州，臣想鞏固邊防，如果有機會就攻打遼國，徹底消滅他們的勢力；第三，聽說佳山寨附近有幾個盜賊，非常勇猛，所以臣想去招降他們，既可以增加軍力，也能為民除害。」楊六郎的分析條理清楚，讓所有人大感佩服。

真宗非常感動的說：「你真是憂國憂民，處處為國家著想！朕准許你的請求。」交代王欽撥五千兵力，跟隨楊六郎前往鎮守佳山寨。

王欽去查點軍士，卻淨挑些老弱疲病、無法打仗的兵。隊伍中，有一人名叫岳勝，身材魁梧，不僅力氣很大還十分勇敢。他想：「老是窩在京城，恐怕沒有機會建功，不如隨楊將軍前往佳山寨。」當他發現王欽都挑氣色不好的人，就用薑水抹在臉上。王欽看他一臉蠟黃，想也不想便點了他。

楊六郎發現五千軍士都是老弱殘兵，生氣的說：「佳山寨是多麼重要的地方，這些沒有用的兵要如何抗敵？」

岳勝一聽，不服氣的大喊：「將軍說我沒有用，那你敢和我比試一下嗎？」

楊六郎仔細觀察他，發現岳勝雖然臉色焦黃，但神清氣朗，手拿一把大刀，看起來虎虎生風，一時之間覺得有趣，就說：「當然可以。」

岳勝舞動大刀朝楊六郎劈來，楊六郎側身閃過，一陣刀風掀起衣角。岳勝大步踏定，轉身又是一刀，楊六郎舉槍擋下，顧不得虎口微微發麻，借力往前一撥，岳勝被這看似無力的反擊彈出幾步，不禁暗自氣憤，卻不知道一般人接了這招的話，早就被拋到老遠去了。

幾次進攻，雖然都被楊六郎破解，卻已經看得出來岳勝刀法精妙，具有相當的水準。楊六郎反守為攻，一蓋一刺，與岳勝大刀相擊，迸出點點火星；楊六郎回槍刺去，竟像靈蛇出洞，逼得岳勝招架不住；輕輕一挑，槍尖刺破岳勝的外衣，勝負已經分曉。岳勝甘拜下風，而楊六郎手下則多了一名猛將。

由於楊六郎多年來在外地打仗，與家人團聚的時間很少，趁著前往佳山寨任職前，他抽空回無佞府向令婆告別，也見見妻子柴郡主與兒子楊宗保。令婆說起楊宗保可是滿臉的欣慰與驕傲，在柴郡主與八娘、九妹的調教下，楊宗保雖然小小年紀，卻有一身的好武藝，唯一讓人頭痛的就是喜歡調皮搗蛋。令婆總說：

楊家將演義

「宗保還是個孩子啊！」為他的頑皮行為找理由。而楊宗保被寵慣了，天不怕地不怕，就怕父親楊六郎，但同時也最崇拜他。

聽說父親要回來，楊宗保不敢偷懶，一早就在院裡練習槍法，打了幾套拳，汗如雨下。正打算休息一下，聽到僕人說楊六郎已經回家的消息，趕緊把汗一抹，提起槍專注的耍弄，動作精準，一點也不馬虎。楊六郎見了，內心雖然非常高興，卻不表現在臉上，只是靜靜在一旁觀看。

楊宗保將一套完整的槍法練完，平緩了呼吸後，大聲說：「見過父親。」

楊六郎輕哼一聲：「嗯！跟我一起去向祖母問候。」

楊六郎最放心不下的當然就是寶貝兒子楊宗保。在見過令婆，並與親人朋友們寒暄後，他喚來楊宗保，交代說：「宗保，別一天到晚想著玩。練習武功的目的是什麼？除了強身，更希望有一天能為朝廷效力，所以你千萬別偷懶。有空閒的時間，要多讀兵書，磨練你的智能，別做個有勇無謀的莽夫！」

「宗保，別聽他的！」令婆轉頭對楊六郎說：「才多大的孩子，就要他負責保家衛國啊？等我老到扛不動這重責大任的時候，再交給宗保吧！」

楊家將演義

八娘取笑的說：「娘！您扛不動，還有六哥呢！」

「六哥之後還有六嫂、八姐和我，宗保還得排隊呢！」九妹也湊熱鬧的開起玩笑。就在大家說說笑笑中，化解了原本有些嚴肅的氣氛。

柴郡主慈愛的摸摸楊宗保的頭，溫柔的眼光望向楊六郎，心想：「這兩個生命中最重要的男人都在我身邊，那就夠了！」

愉快的時光總是過得特別快，楊六郎啟程前往佳山寨的日子到了，他一一向眾人道別，然後就帶兵前往佳山寨。

抵達佳山寨後，他立即整備軍隊，嚴格實行軍法，紀律嚴謹，聲勢浩大，遼軍被嚇得不敢輕舉妄動。

佳山寨暫時沒有外憂，楊六郎就想招降附近山裡的盜賊，尤其是最令人頭痛的可樂洞首領──孟良。

這天，楊六郎派岳勝前往可樂洞查探情況。

岳勝只見到孟良的部下們在洞口前鬥寶，比誰搶到的黃金玉珮多，誰分到的珍珠瑪瑙值錢，完全沒有察覺岳勝到來。岳勝抽出大刀，大喝一聲：「你們這些盜賊一個都別想跑！」

眾人以為是官兵

來捉他們到案，趕緊四處逃竄，幾個來不及逃走的就成了岳勝刀下亡魂。岳勝也不追擊那些逃走的人，只在牆上留了話，告訴孟良這是佳山寨楊六郎做的，他猜測孟良一定會來報仇，到時候就可以用計活捉他。

就如岳勝所想，過了不久，孟良果然來到佳山寨外，不停的咆哮，要楊六郎出寨受死。楊六郎提槍上馬，見孟良生得濃眉大眼，面色紅潤，身材雄偉，便勸說：「我看你的相貌不凡，又聽說你的功夫十分厲害，為什麼要做盜賊呢？不如歸順朝廷，報效國家，還可以謀個一官半職。」

「當官有什麼好？像你們楊家父子，幫國家打了那麼多勝仗，最後還不是死得淒慘無比？還不如像我一樣當個山大王，要什麼有什麼，不是更快活嗎？」孟良冷哼一聲，又說：「話說回來，我和你無冤無仇，井水不犯河水，為什麼要殺了我的部下？我今天特地來砍幾個頭好祭拜他們！」

話才說完，孟良就揮動大斧朝楊六郎奔來；楊六郎也親自迎戰。兩人交手十幾回合，楊六郎假裝戰敗逃走，孟良當然不會放過這個機會，緊追在後。忽然，楊六郎轉身，手中大弓已經拉滿，箭在弦上，「咻」的一聲，射中孟良跨坐的馬匹，馬兒痛得亂竄，孟良一

時沒有捉好韁繩，被摔落在地，一旁觀戰的軍士趕緊將他牢牢綑綁，活捉回佳山寨。

楊六郎笑著對他說：「你現在被我抓住了，服氣了吧？快加入我旗下吧！」

「你用詭計引誘我，暗中射箭，這不是光明磊落的行為，我不服！」孟良不甘心的說。

「那麼我放你走，怎麼樣？」楊六郎臉上仍掛著笑意。

孟良雖然驚訝，卻倔強的說：「如果你肯放我走，等我準備好，明天再來和你打，正大光明的交手，如果你可以再捉住我，我就服你。」

「好！明天再戰！」楊六郎想也不想就答應他的要求，並釋放了他。

孟良走後，岳勝非常不解，上前問：「孟良是這附近的一大禍害，今天好不容易捉到他，為什麼將軍這麼簡單就放了他？」

楊六郎回答：「當今天下有多少英雄豪傑？我看孟良是個人才，如果能收服他，相信對國家一定很有幫助！但是要收服他的人，必須先收服他的心。恐怕我得效法諸葛亮七擒孟獲，才能讓孟良心悅誠服。這樣一來，才算是真的為民除害、為國爭才。」

「將軍說得很有道理。」岳勝對楊六郎更加佩服。

楊六郎接著交代:「孟良有勇無謀,明天我就詐敗,引誘他進入深谷,你帶一千兵馬埋伏在谷口。等他入谷,你就殺出來斷絕他的退路。」他又吩咐小兵裝扮成樵夫的模樣,在山頂上唱歌,孟良無路可走,一定會向小兵問路,到時候小兵就垂下麻繩,假裝要救他,這樣一來就可以捉到他了。

一切都照楊六郎的計畫進行著:孟良被困在谷中,見四面都是峭壁,難以脫逃。聽到樵夫的歌聲,孟良便要求樵夫想辦法救他,樵夫垂下麻繩,要孟良綁在腰間好拉他上去,等拉到一半時忽然不拉了,孟良正想要發怒,一抬頭就見到楊六郎與岳勝站在山頂,這時才知道他又中了楊六郎的計謀。

孟良不服氣的說:「今天被你捉住,不是我打不過你,如果你有膽量,就放了我,我們正面交戰,如果還是輸了,我就誠心投降。」

楊六郎說:「我就再放了你!我想明天把你捉住也是輕而易舉,一點困難也沒有。」於是吩咐小兵將他拉到山頂,然後放了他。

孟良連續兩天都被楊六郎用計捉住,心有不甘,所以也想用奇計打敗楊六郎,扳回顏面,於是決定夜

襲佳山寨。趁著夜色，<u>孟良</u>帶著部下悄悄的摸到佳山寨外，見佳山寨軍士已經各自入睡，沒有防備，而<u>楊六郎</u>一人坐在帳中讀書。<u>孟良</u>大喜，高舉大斧，直直奔向<u>楊六郎</u>營帳，大聲叫：「<u>楊六郎</u>接——」

「戰」字還來不及說完，<u>孟良</u>連人帶馬跌進營帳前的一個大坑。接著，不知從哪兒冒出來的士兵，將<u>孟良</u>綑綁到<u>楊六郎</u>面前。<u>孟良</u>的部下也被埋伏的士兵團團圍住，他們見到<u>孟良</u>被捉，知道已經無法脫逃，於是全都投降了。

<u>楊六郎</u>笑著對<u>孟良</u>說：「我再放了你，你明天再來挑戰，怎麼樣？」

<u>孟良</u>羞愧的低下頭，說：「我雖然是個盜賊，但也是有羞恥心的。將軍一再放我回去，可是我還是敵不過你，今天我真的心悅誠服，也感謝將軍再造之恩。如果將軍肯收容我，我必定會誓死效忠。」

「你願意成為我的部下，是我天大的榮幸！」<u>楊六郎</u>開心的說，接著吩咐左右：「來啊！準備酒宴。大宋能得到這名猛將，實在值得好好慶祝一下！」

眾人吃喝得非常暢快，突然<u>楊六郎</u>感慨的說：「<u>遼國</u>幾次侵犯邊境，我國人民深受其害，遲遲無法消滅<u>遼</u>軍，實在是因為沒有像你這樣勇猛的人！現在<u>佳山</u>

寨位在最前線，地理位置相當重要，可是無論是士兵或將領都不夠多，我常常擔心如果不能守住這裡，那就辜負了朝廷的託付。如果你知道哪裡有像你一樣擁有好身手的人，請告訴我，我一定要請他為國效力。」

孟良配著一大口酒，嚥下滿嘴的肉，用袖子抹了抹嘴角的油，回答說：「將軍，離這裡大概六十里，有一個芭蕉山，那裡山勢險惡，聚集了一些強盜，帶頭的叫做焦贊，萬夫莫敵，十分厲害。如果能得到他，要消滅遼國就簡單多了。」

楊六郎立刻說：「明天我就親自帶禮物前去拜訪。相信我一片真心誠意，一定可以感動他們。」

孟良阻止說：「焦贊這人非常凶惡，就算將軍親自前往也沒辦法說服他的。不過我和他有點交情，不如讓我先去試試吧！」

隔天，孟良前往芭蕉山，焦贊一見到他就開心的問：「好哥兒們，好久不見！今天是什麼風把你吹來？」

孟良也不拐彎抹角，直接挑明來意，說：「我想邀你一起為楊六郎出力，共同對抗遼軍。」

焦贊聽到孟良竟然是來說服他投降楊六郎，氣得一句話也不說，舉起雙鎚，朝孟良殺了過來，急得孟

良大喊：「我是孟良啊！你不認得了嗎？」

「我認得你，但是我的雙鎚不認得你！」焦贊毫不留情，孟良見他來勢凶狠，只好趕緊跳上馬奔回佳山寨。孟良想既然不能用說服的方式，那就只好用武了。因此他向楊六郎獻計，準備活捉焦贊。

楊六郎帶軍到芭蕉山寨前喊叫，焦贊率領部下迎戰；楊六郎假裝打不過，轉身逃走，焦贊趕了上去，與楊六郎又打了幾回合，楊六郎再度詐敗而走，引誘焦贊追他，離山寨越來越遠。

岳勝見焦贊追著楊六郎而去，便依照計畫到芭蕉山寨前吶喊。看守的士兵怕山寨被攻破，因此全都湧到前方防禦。

這時，孟良趁著山寨後方沒有人防守，率領軍士攀附著藤蔓，直接攻入山寨裡，四處放火。一時之間烈焰沖天，芭蕉山山寨中哀嚎聲不斷，眾人到處逃竄，各自求生。

焦贊只顧著追擊楊六郎，根本沒有發現身後遠處火光沖天。楊六郎忽然停下馬匹，指著芭蕉山的紅光，笑著說：「焦贊，你看看你的山寨已經快燒成灰燼了，你還在這兒追我？」

焦贊朝楊六郎指的方向望去，看到大火就快吞噬

芭蕉山，他大喊一聲：「糟了！」立刻轉身奔回山寨。楊六郎從後方追趕殺來，而岳勝和孟良則從山寨內殺出，前後包夾。焦贊心想敵不過眾人聯手，跳下馬匹想爬上山坡，卻因為被追得心慌，竟然分神而跌了下來，還沒反應過來就被五花大綁的捉到楊六郎面前。

　　楊六郎見到焦贊，親自替他鬆綁，對他說：「前幾天要孟良說服焦兄，可惜不得要領，所以今天才不得已用這方法，還燒了您的山寨，還請焦兄見諒！」他雙手抱拳向焦贊行禮，又說：「現在遼國侵犯大宋邊境，如果您肯和我一起征討遼國，我一定上奏，請朝廷封您個大官，絕對不會怠慢您的。」

　　焦贊看著楊六郎，心想：「有這種好事？要是我捉到人，肯定直接一刀送上西天，怎麼可能釋放？現在居然不只是放了我，還要讓我當官？」他聽楊六郎說得誠懇，孟良也在一旁幫腔，想了一會兒，焦贊拱手一拜，豪爽的說：「好！我服你！我願意和你一起去殺遼軍。」

　　楊六郎連續得到幾名猛將，非常高興，立即派人回京城稟告真宗，請求給予諸位將領官職，共同抵禦遼軍。真宗除了答應楊六郎的請求，又特別加封楊六郎官爵，岳勝、孟良、焦贊也都加官晉爵。楊六郎又

請來陳林、柴敢等人，一時之間他的手下猛將如雲，揚起楊家大旗，威震幽州。遼軍一聽到楊家將的名字，沒有不畏懼的，因此宋遼邊境上的百姓得以暫時遠離戰火，安居樂業。

第十六章　私下三關

　　楊家將的名聲威震遼國，大宋朝廷內外一片讚賞，欣喜不已，只有一個人悶悶不樂，那人就是王欽。這就奇怪了，王欽不是因為有楊六郎的推薦才能夠被真宗重用嗎？他不是應該感謝楊六郎嗎？不！他心裡可是有另外一個主人呢！

　　發現楊家將的聲望越來越高，王欽心想：「楊家將這麼英勇，恐怕我得老死在這裡，沒辦法回故鄉了……不行！我得想想辦法先害死楊六郎，這樣一來，楊家其他人就好處理了！」他略為思考後，想到一招狠毒的計謀：「現在朝廷只有謝金吾比較有權勢，或許可以找他來商量，我再設個計策，借刀殺人，讓謝金吾去得罪楊家人。哈哈哈！就這樣辦。」於是他派人去請謝金吾。

　　謝金吾一見面就趕緊拍馬屁：「我有幸能夠見到陛下身邊的大紅人，不知道有什麼可以幫得上忙的地方？」

「唉！我不過是陛下身旁的一個小官，就連楊府僕人都可以對我無禮，哪是什麼紅人啊，您太誇張了！」王欽故意嘆了口氣。

謝金吾驚訝的問：「現在朝廷之中有誰能與您相提並論啊？楊府僕人好大的膽子，竟然敢對您無禮？」

「唉！還不是那天經過天波滴水樓時沒有下馬……」王欽欲言又止，瞄了一眼謝金吾，才接著說：「唉！堂堂的朝廷大臣卻被這樣羞辱……您也知道八大王對我恨之入骨，我本來想向陛下說這件事，可是又怕八大王跟我作對……雖然陛下對我十分寵愛，我就算是死也難以回報，但是……唉！我想我只有辭官，歸隱山林，才能遠離這些是非吧！」他說得委屈，假意拭淚。

謝金吾眼珠子一轉，鬼點子就這麼冒了出來：「大人何必長他人志氣，滅自己威風呢？想想看，現在朝廷中，陛下親近信任的人，除了您、我，還有第三個人嗎？八大王雖然身分尊貴，但是陛下對他並不是言聽計從，所以八大王有什麼好怕的？至於楊家，現在只剩下楊六郎，其他的不是死了，就是不知道人在哪裡，更不需要擔心害怕。而且先帝建立無佞府、天波滴水樓，也不過是想讓楊家人拚命抵禦敵軍罷了。您

想，陛下難道真的看重這樓？明天我就前往<u>天波滴水樓</u>試試，如果他們沒話說就算了，如果有膽傷害我，就算是一根寒毛，我也一定會讓<u>天波滴水樓</u>變成一堆瓦礫。」

「<u>謝</u>大人，千萬不要因為我而惹禍上身啊！您要是拆了<u>天波滴水樓</u>，<u>令婆</u>哪肯善罷干休？她一定會告訴陛下，如果陛下感念<u>楊</u>家功勞，恐怕您就要遭殃了！我想還是算了吧！」<u>王欽</u>假裝好心的勸他。

<u>謝金吾</u>拍著胸脯保證：「大人放心，我一定會讓陛下下令拆了<u>天波滴水樓</u>，為您出口氣。」<u>王欽</u>假意又勸，反而更加堅定了<u>謝金吾</u>的想法。

送走謝金吾，王欽笑開了，等著看明天上演的一齣好戲。

隔天，謝金吾大搖大擺的往無佞府方向前去。經過天波滴水樓，他不但不下馬，還命令手下敲鑼打鼓，吵鬧不已。令婆命令僕人出府察看，僕人回報：「是謝金吾坐在馬上，他還大張旗鼓，在天波滴水樓前大聲喧譁。」

「就算是王公貴族，經過這裡都必須下馬，表示恭敬不敢輕慢之意。謝金吾只不過是個小小的官，居然這麼囂張的欺負楊家，簡直不將先帝放在眼裡！」令婆氣不過，立即整裝入宮面見真宗。

真宗一向尊敬令婆，問：「老夫人今天親自來見朕，有什麼重要的事情嗎？」

令婆下跪稟奏：「陛下，先帝可憐我的夫君與兒子們為國戰死，特地下令建造無佞府和天波滴水樓，以作為表彰，又命令所有官員經過天波滴水樓都要下馬，以示尊敬。今天謝金吾不僅高坐馬上，還要手下敲鑼打鼓，喧囂而過，這樣誇耀挑釁的行為，不但是看不起我，更是輕視先帝與朝廷，還請陛下為我作主。」

令婆說得悲憤，真宗卻無關痛癢，只是簡單的說

他會查明真相，一定會還她公道等安慰的話，便要她先行回府。這一切王欽都看在眼裡，暗自高興。

真宗傳喚謝金吾，說：「令婆剛才來控訴你經過天波滴水樓時卻不下馬。這是先帝的遺旨，你也敢違背？你該當何罪？」雖然聽起來在責備他，但真宗的臉上卻看不見生氣的樣子。

謝金吾說：「陛下，微臣就算是向天借膽也不敢違背遺旨啊！」他偷偷瞄了王欽一眼，眼中帶笑，臉上卻裝作一本正經，「微臣受陛下重用，遇到對朝廷不好的事，就算會招來殺身之禍，忠言逆耳，微臣也一定要說。」他看真宗輕輕點了點頭，嘴角一揚，繼續說：「天波滴水樓前的道路，是南北往來的重要道路，多少朝廷的官員、外國使者為陛下特地遠道而來，經過天波滴水樓卻要下馬，這……這不是天波滴水樓的地位比您還尊貴嗎？」聽到這裡，真宗臉色開始有些不悅。

「其實，微臣早就想聯合幾位大臣來向您稟告這件事，沒想到令婆早了一步，先告了我一狀，想藉這個機會堵住我的口，但是為了大宋，我還是要說。陛下，您就殺了我，然後下旨拆掉天波滴水樓，以便利南北交通，確立您與朝廷尊貴的地位吧！」謝金吾視

楊家將演義

死如歸的樣子，真宗非常感動，不過礙於先帝遺旨，一時之間也無法決定該怎麼做。

王欽趁機說：「陛下，謝金吾說得很有道理，還請陛下照謝金吾的意見辦理吧！」

「你們說的雖然有道理，但是朕還得再考慮看看，先退下吧！」真宗拿不定主意，揮揮手要兩人離開。

計謀還沒有成功，因此王欽只要逮到機會，便在真宗耳邊不斷絮絮叨叨，最後終於讓真宗同意，要謝金吾前去拆掉天波滴水樓。消息一傳到楊家，令婆與柴郡主急忙請八大王幫忙勸

真宗收回命令，可惜王欽在一旁嚼舌根，真宗心意不改，連八大王也束手無策。

令婆急得吃也吃不下、睡也睡不著，「這座天波滴水樓如果被拆了，我死了以後有什麼臉去見繼業？我連一座樓都保不住，這不是讓繼業遭受羞辱嗎？」想著想著，令婆淚流滿面，差點昏了過去。

八娘、九妹趕緊扶住令婆，眼淚也不爭氣的落了

下來。八娘說：「娘，事到如今，恐怕要請六哥回來商量對策，才可能免去天波滴水樓被拆的命運。」

「沒有陛下的命令，六郎怎麼能擅自離開崗位？」令婆搖搖頭，不贊成八娘的提議。

「六哥可以悄悄的回來，將兵符交代給值得信任的部下，等事情有了解決方法，馬上就回去，這樣應該不會有問題的。」八娘不死心再勸。

令婆雖然不是非常同意楊六郎私自離開三關，但是眼前的情況十分緊急，似乎沒有其他辦法，因此只好勉為其難答應了八娘的建議。

九妹自願前往三關請回楊六郎。她快馬加鞭的趕路，見到楊六郎後立刻把事情的前因後果仔細告訴他，並要他趕緊回京城商量對策。楊六郎聽完情緒激動，不過他轉念一想，低聲說：「沒有朝廷的命令，我怎麼可以擅自離開這裡？」

九妹顧不得那麼多，有點動怒的說：「事情已經到了這個地步，朝廷都不在乎爹與哥哥們拚死救駕的恩情以及為國捐軀的忠心，你還管什麼命令？」

楊六郎想過之後，找來岳勝，吩咐：「家中有緊急的事，因此派妹妹來叫我回家一趟，我很快就回來。你與孟良等人要謹慎提防遼國奸細，其他一切就依照

軍中法令，就和平常我在這裡一樣。」他把將軍印交給岳勝，突然想起一件事，說：「對了！焦贊個性莽撞，不要告訴他這件事，如果他問，就說我去打獵了！」

「末將遵命！」岳勝正要退出營帳，眼角餘光見到一個黑影閃過，心想：「該不會是焦贊吧？」但四處張望又沒有看到人，以為是自己眼花，沒有多說什麼就退下了。

楊六郎與九妹立即快馬急奔京城。半路經過一座密林時，突然跳出一個大漢，這人正是焦贊。他大聲的說：「焦贊在這裡等將軍很久了！」

楊六郎吃了一驚，發現是焦贊，不禁低聲嘆氣：「唉！大麻煩跟來了！」接著擺出嚴肅的神情，責備焦贊說：「焦贊，你偷偷跑到這裡，該當何罪？」

焦贊也不驚慌，笑嘻嘻的說：「那麼將軍您私自離開軍營到這裡又該判什麼罪呢？」他看楊六郎無言以對，便趁機說：「將軍，聽說京城非常熱鬧，可惜我從來沒去過，所以今天想跟著將軍一起去看看！」

楊六郎既氣憤又懊惱，心想：「我這次回京城就怕被人知道，這個焦贊性格魯莽，如果跟我一起回去，不知道會闖出什麼禍來。」因此他對焦贊說：「不行！你先回去，等我從京城回來，一定重重賞賜你。」

焦贊搖搖頭說：「我不要什麼獎賞，我只想要到京城看看。如果將軍不讓我去，我就到處散播將軍私自離開的消息。」

「你這無賴！」楊六郎簡直快氣炸了。

九妹看焦贊要賴，看起來是跟定他們了，就勸楊六郎：「六哥，事情緊急，不要再耽誤了！我看帶他一個人去也沒有什麼關係，只要盯著他不要鬧事就好了！」

楊六郎沒有辦法，只好帶著焦贊一起回到無佞府，要人守著他，不准讓他離開無佞府。焦贊這一趟就是想到處看看，沒想到卻被關在無佞府，悶得慌，因此苦苦拜託看守的兩個小兵帶他出府遊玩，兩個小兵被他吵得受不了，便瞞著楊六郎，帶焦贊溜出無佞府了。

焦贊從來沒有見過這麼熱鬧的城市，覺得每樣事物都很新奇，這兒逛逛，那兒瞧瞧，又大吃大喝了一頓，興致仍舊不減，拖著兩個小兵東遊西晃。經過一間豪華的房子，焦贊聽見裡面傳出來歡笑嬉鬧的聲音，不禁十分好奇。

一個小兵滿肚子氣的說：「這裡是謝金吾的家。他

是楊家的死對頭，也就是他要來拆天波滴水樓，這次楊將軍回來京城就是為了這件事。」

焦贊忍不住怒火中燒，又因為有幾分酒意，膽子大了起來，對兩個小兵說：「你們在這裡等著，我進去砍了他的頭給將軍出氣。」

小兵嚇得渾身發抖，勸阻說：「你不要衝動，惹出麻煩來，到時候還會連累我們。快跟我們回去，不然我們就跟將軍說你偷跑出來玩。」

「你們儘管去吧！我現在就進去砍掉謝金吾的頭。」焦贊說完飛身一躍，輕鬆的翻進謝府的後花園。他抽出短刀，先解決了一個僕人，提著僕人的頭進到廳堂，看見謝金吾正坐在裡面，左擁右抱，還有幾個歌伎在廳中翩然起舞。

焦贊將人頭往謝金吾臉上打去，砸得他滿臉是血，謝金吾這才發現有人闖入，連忙大叫：「快來人啊！把他捉起來！」眾人嚇得四處逃竄。焦贊迅速的走到謝金吾身邊，冷笑著說：「讓你知道我焦大爺的厲害！」刀子向下一揮，謝金吾人頭落地。可是殺了謝金吾仍無法平息焦贊的怒氣，他左揮右砍，謝家不分男女老幼，全都死在他的刀下。

砍殺過後，他出了一身汗，酒也醒得差不多了，

才想到謝金吾是真宗寵愛的大臣，全家被殺，朝廷怎麼可能會放過凶手？

「哼！一人做事一人當。」焦贊不太在意，不過為了避免連累其他人，他在牆壁留下真實姓名後，就回無佞府去了。

謝金吾一家十三口被殺的事，馬上就在京城傳開了，真宗命令王欽追查凶手，王欽查訪後回報：「啟稟陛下，殺死謝金吾一家的凶手，就是楊六郎新收的部下焦贊。」

真宗疑惑的問：「楊六郎遠在佳山寨，他的部下怎麼可能到京城來殺人？」

「一定是楊六郎聽到謝金吾要拆天波滴水樓，因此私自離開崗位回到京城，然後叫焦贊殺了謝金吾。陛下如果不信，可以派人到無佞府搜查，就可以知道微臣說的全是真的。」王欽信誓旦旦的說。

真宗半信半疑，因此派人前往無佞府逮捕楊六郎與焦贊。

楊六郎完全不知道焦贊闖下了大禍，正在與令婆討論天波滴水樓的事，忽然聽見門外傳來混亂腳步的聲音──無佞府竟然被一百多名士兵團團包圍。

所有人還沒弄清楚怎麼回事，士兵們已經衝進府中要捉拿楊六郎。焦贊以為他們要對楊六郎不利，手拿利刃，見到士兵就砍，士兵們見他凶猛，也不敢靠近楊六郎。

　　帶頭的士兵說：「我們奉皇上旨意，來捉拿涉嫌殺害謝金吾大人的楊六郎和焦贊。你不要妨礙我們辦事。」

　　「謝金吾一家是我殺的，和楊將軍沒有關係！」焦贊怒氣沖沖的喊著。

　　「果然是莽夫一個！」楊六郎這才明白士兵們要捉拿他的原因，原來是焦贊闖下了滔天大禍。

　　楊六郎對焦贊大罵：「你惹出這麼大的事情，還敢拒捕？還不趕緊束手就擒！」

　　焦贊殺害謝金吾本來是要替楊六郎出氣，沒想到楊六郎竟然要他去送死，忍不住生氣的說：「我這一生不知道殺過多少人，還差這十三顆腦袋嗎？我今天就殺光這些奴才，再和將軍一起回去佳山寨，看有誰能對我怎麼樣！」

　　「你做出這樣的事情，還敢說這麼囂張的話！如果你不聽我的話，我就先砍了你的頭，然後再去請陛下賜我死罪。」楊六郎氣得七竅生煙，而焦贊見他說

得堅定，甚至已經準備對自己動手，只好放下利刃，不再反抗。

士兵們正要把兩人五花大綁，楊六郎揮揮手說：「不用了，我們自己來就好。」

楊六郎、焦贊被捉到金鑾殿上，八大王聽說了這件事也急忙趕來。

真宗一見到楊六郎，開口便問：「沒有命令，你為什麼擅自離開崗位？焦贊殺了謝金吾一家，又該當何罪？」

「臣罪該萬死，但請陛下聽臣說幾句話。因為陛下要拆天波滴水樓，這件事讓臣的母親過度擔心煩憂，已經生了重病，臣害怕母親隨時可能離開人世，見不到她最後一面，這樣臣肯定會後悔一生。而且最近邊境平靜，將士謹慎防守，遼軍不敢侵犯，所以臣才會偷偷回家探望母親，還請陛下原諒！至於焦贊……」楊六郎知道焦贊是為了自己才殺人，他也已經想好了說法。「他雖然和臣一起回來，但是每天都待在無佞府中，就怕惹禍，因此殺死謝金吾一家的凶手，也不一定就是焦贊，希望陛下仔細調查。如果凶手真的是焦贊，臣絕對不會包庇，並且願意負起責任。」

真宗想了很久，沒有說話。王欽趕緊上奏：「陛下，

殺死謝金吾一家的凶手就是焦贊，牆上的字就是證據。請陛下將楊六郎、焦贊斬首示眾，作為警惕，讓有心犯罪的人不敢輕舉妄動。」

八大王趕緊替兩人求情：「陛下，怎麼會有凶手會留下自己的真實姓名呢？這件事疑點很多，恐怕還得好好調查。不過楊六郎和焦贊擅自離開崗位的罪行重大，臣請求陛下念在楊六郎保衛邊境的功勞，免去死罪，稍微處罰他們，讓他們有所警惕就好了。」

真宗非常器重楊六郎，原本也就沒有打算處死他，聽八大王這樣說，也就順著八大王的話，判楊六郎發配汝州監督製造官酒*三年，焦贊則發配鄧州充軍。

楊家將演義

---

*官酒：國家酒廠所釀製的酒。在古代，私自釀酒是犯法的。

第十七章 王欽害國

　　人算不如天算，王欽打的如意算盤還是出了差錯，楊六郎的一條命就這樣留了下來。王欽怎麼可能就這樣放過他？他突然靈光一現，「有了！」他沉住氣，靜靜等待楊六郎抵達汝州後，再開始實行他的計畫。

　　一天早朝，王欽上奏：「臣聽說楊六郎在汝州監督製造官酒，不到一個月的時間，便開始偷偷販賣官酒，從中賺取暴利，累積財富，恐怕是有背叛想逃往遼國的打算。私下販賣官酒，已經是死罪一條，叛國的行為更應該株連九族。之前是陛下寬宏大量才免除他的死罪，沒想到他不知道感恩，還想要反叛。陛下如果不嚴厲的懲罰他，那不是鼓勵大家仿效他嗎？」

　　真宗聽了王欽的報告，怒火中燒，大罵：「這楊六郎縱容部下殺死謝金吾一家，又私自離開邊境，本來就該處死，朕念在他護國有功，才判他發配汝州。沒想到他竟然不知道悔改，還變本加厲的賣起官酒，這一次朕肯定饒不了他，否則要怎麼讓大家心服？胡延

贊聽朕命令，你立刻前往汝州，取回楊六郎首級。」

「陛下，楊六郎忠心為國，這是有目共睹的事情！他絕對不可能做這種違背良心和法律的事情，一切都是王欽的陷害，您千萬不要相信小人的話而冤枉了忠誠的臣子啊！」八大王一聽王欽的話，就知道他又要陷害楊六郎了，趕緊為楊六郎辯解。

真宗揮揮手說：「你別再說了！楊六郎就是靠著你一再為他說話，才會這麼目無王法，任意的胡作非為。朕已經決定了，胡延贊立刻出發。退朝。」見真宗氣憤的離開了金鑾殿，所有大臣都不敢相信真宗的決定，只有王欽因為奸計得逞，藏不住笑容，跟隨著真宗的腳步退出金鑾殿。

八大王、寇準等幾個和楊家親近的人焦急的商量解決辦法，一群人交頭接耳、竊竊私語。過了一會兒，八大王緊皺著的眉頭稍稍舒展，立即偷偷求見胡延贊。

胡延贊手上雖然領了聖旨，雙腳卻遲遲無法向汝州出發，直到他聽完八大王交代他的事情之後，沉重

的心情一掃而空，接著就前往汝州。

得知胡延贊竟然是前來將楊六郎斬首，汝州太守不平的說：「楊將軍到汝州才幾天，哪有偷賣官酒這種事？這也太冤枉人了！皇上怎麼會查都不查，就直接相信小人亂說的話？現在正是國家最需要楊將軍的時候，如果殺了他，遼軍就沒有什麼好害怕的，如果趁機來侵犯大宋，到時候該怎麼辦啊？皇上怎麼……」說到這兒，太守不禁連連嘆息。

胡延贊見太守應該也是個忠心的人，便要太守配合計畫。隔天，胡延贊就提著一顆人頭回京城了。

真宗見了人頭，不耐煩的揮揮手，要胡延贊快點拿開，大臣們見到這個情景，無不傷感。八大王強忍著悲傷，上奏說：「陛下，楊六郎既然已經死了，希望陛下能將頭顱送回無佞府安葬。」真宗准許了八大王的請求。

看到那顆人頭，楊府所有人都感到悲傷與痛心，全家籠罩在一片愁雲慘霧中。

這竟然是一門忠烈最後的下場！佳山寨的士兵們聽到楊六郎被斬首的消息，萬分氣憤，所有人忍不住大聲痛哭，聲音甚至震動大地。他們氣憤真宗昏庸愚昧，哀傷楊六郎無辜被殺，覺得眼前似乎沒有值得效

忠的對象了。岳勝、孟良在山上蓋了一座六郎廟，又將佳山寨中的財物糧食全部分光，拆掉營寨，眾人互相道別後紛紛離開了佳山寨。

岳勝、孟良上了太行山，當起山大王，做著搶劫路人、掠奪百姓的行為；陳林、柴敢返回從前逃亡時所占據的山寨；焦贊在鄧州聽到楊六郎被殺的消息，也因為不滿而趁機逃走了。

這時，邊境幾乎無人防守，正是遼軍長驅直入的最佳時機，王欽怎麼會錯過呢？他趕緊寫信給遼太后，但遼太后畢竟是一個謹慎的人，她沒有因為王欽的一封信就發兵攻打大宋，而是聽從大臣的建議在宋遼邊境的魏府銅臺建造糖林酒池，並且要邊境的軍士和人民傳揚天降祥瑞的消息。另外，遼太后也派人送信給王欽，要他慫恿真宗前往魏府遊玩欣賞。

接到遼太后的指示後，一天上朝前，王欽私下與大臣們討論說：「不知道各位大人有沒有聽說魏府銅臺有天降祥瑞的神奇現象？」

「是有聽說，不過不知道是不是真的？」

「這傳言傳得沸沸揚揚，應

該是真的。」

「這事情的真假，還得等查證後再說。」眾臣七嘴八舌的沒有定論。

王欽難掩興奮的說：「聖上賢德，天降祥瑞。我覺得我們應該向聖上獻上祝賀才對。」

眾臣一方面想取悅真宗，一方面又要拍王欽馬屁，於是紛紛向真宗賀歡道喜，真宗不禁龍心大悅。滿朝文武百官沉浸在歡愉的氣氛中，只有八大王與寇準不相信這件事。

寇準上奏說：「陛下，上天如果有感於您的恩德深厚，為什麼只有魏府傳出祥瑞的現象，別的地方卻沒有呢？臣認為魏府與遼國距離不遠，這恐怕是遼國的詭計。」

真宗臉上的笑容立刻消失，還沒開口，王欽先出了聲：「丞相這話說得就不對了！如果天下到處都有這種事，那還有什麼稀奇的？就是因為只有魏府出現，更顯得陛下有能有德，連上天也受到感召，所以才會特地降下祥瑞啊。」他轉頭向真宗上奏：「依臣的看法，這是千載難逢的好機會，陛下不如親自前往魏府，一來可以證明這件事的真假，二來可以巡視並安撫邊境人民，三來可以宣揚威勢，讓遼軍不敢對大宋有非分

之想，這不是一舉多得嗎？」

真宗聽了，春風滿面，說：「你的高見果然不是普通的人可以比得上的啊！傳令下去，找一個好日子前往魏府！」說完還將眼光瞟向寇準，寇準低下頭不再說話。

「萬萬不可啊！如果遼太后得知您親自前往，派兵包圍，把您困在魏府，再發兵進攻的話，那麼陛下的江山恐怕就要不保了，這件事還請陛下多加考慮啊！」八大王急忙勸告真宗，希望他能打消主意。

「唉！又是這些人，難道就不能說些好聽的給朕聽聽嗎？老是要朕不要這樣、不要那樣，真沒意思！」真宗心裡埋怨，表面卻裝做正經的對八大王說：「朕有百萬軍隊保護京城，又有大軍隨行，怎麼會有危險呢？八大王想太多了！」

知道真宗不會改變決定，八大王只好悶悶不樂的退朝。

過了幾天，大軍浩浩蕩蕩的抵達魏府。真宗與臣子們立刻到銅臺遊玩，卻發現樹葉上結滿的白色結晶是普通的八寶冰糖，而池塘傳出的陣陣酒香，竟然只

楊家將演義

是米酒。糖林酒池的景象雖然有趣，但是人工製造的痕跡太過明顯，<u>八大王</u>忍不住再度勸諫：「陛下輕易相信沒有證據的傳言，勞師動眾的來看這天降祥瑞的現象，但是看遍銅臺，哪裡有神奇特殊的地方？我想這一定是<u>遼軍</u>的詭計，還請陛下儘速返回京城。」

看了銅臺所謂的「天降祥瑞」，<u>真宗</u>也不禁開始懷疑，因此回到<u>魏府</u>就立刻下令準備離開。

沒想到還來不及動身，<u>遼國</u>大軍已經將<u>魏城</u>團團圍住，領軍的正是<u>遼國</u>大將<u>蕭天佐</u>。<u>真宗</u>看見<u>遼軍</u>將四周圍得水洩不通，聲勢浩大，心生恐懼：「早知道朕就應該聽<u>八大王</u>的意見，也不會落到今天這樣的下場。現在該怎麼辦呢？」

<u>八大王</u>建議：「<u>遼軍</u>這時候氣勢正盛，不適合和他們正面交鋒；此處城牆非常堅固，<u>遼軍</u>短時間內也無法攻破，不如下令軍士們嚴加守備，再派人快馬回京城找救兵。」

護駕大將軍<u>胡延贊</u>手握寶劍，威風凜凜的說：「陛下，今天<u>遼軍</u>依仗著他們人多，心裡應該十分鬆懈，如果我們出其不意，一定能殺退<u>遼軍</u>。臣願意率先殺出去與<u>遼軍</u>對戰。」<u>胡延贊</u>說得激昂，<u>真宗</u>也大受鼓

舞，立刻命令胡延贊殺出重圍。

兩軍交戰不到幾回合，胡延贊就被遼國將領土金秀擊敗，活捉回遼營。宋軍見護駕大將軍被捉，不敢再戰，人馬四處逃竄，結果在混亂中，被殺害的士兵不計其數，剩下的殘兵敗將狼狽的逃回城中。

「像胡延贊這麼驍勇善戰的人都被遼軍打敗，現在還有誰能抵擋遼軍？唉，如果當初朕不殺楊六郎，又怎麼會讓遼軍如此囂張？」真宗心亂如麻，手足無措，對處死楊六郎一事更是深深懊悔。

提到楊六郎，八大王突然心生一計：「陛下，遼軍一向害怕楊六郎，不如我們揚起楊家旗，並挑選精壯的士兵，假扮成楊六郎與焦贊、孟良、岳勝等人，讓他們在城牆上來回巡邏，遼軍見到他們，必定會心生畏懼，絕對會馬上退兵，那麼就可以暫時解除危機了。」

真宗依計行動，果然如八大王所預料的，遼軍一見到飄揚的楊家旗，已經膽顫心驚，再見到楊六郎、焦贊等人的身影，嚇得立即撤退。王欽內心焦急，忍不住暗罵八大王多管閒事，趕緊派人將實情偷偷告訴蕭天佐，蕭天佐發覺被騙，又下令遼軍再次包圍魏城。

被困多日，魏城中人心已經開始動搖，惶恐不安，所有大臣也束手無策，情勢又陷入危急之中。真宗焦

楊家將演義

急萬分，淚流滿面的對八大王說：「朕當初應該聽你的建議，現在被困在這裡，朕真是後悔萬分！難道大宋就要結束在朕的手中？」

八大王看事情已經發展到難以收拾的地步，如果想要脫困，非得仰賴「某人」來救……八大王嘴角揚起一抹神祕的微笑，說：「如果陛下想要脫離這個險境，我想除非楊六郎前來救駕，否則沒有人能做到。」

「楊六郎？」真宗不禁疑惑，他不是早就死了嗎？

「陛下可以頒布赦免罪行的文書，並且昭告天下，或許能夠找到像楊六郎一樣厲害的人前來救駕。」

真宗睜大眼睛盯著八大王，暗自推測：「八大王話中有話！難道楊六郎還活著？不管如何，我也只能相信他了……」他走向前握住八大王的手，說：「朕立刻昭告天下，赦免楊六郎的罪，請八大王前去無佞府詢問楊六郎的下落。」

八大王點點頭，由一小隊人馬保護並幫助他殺出重圍，直奔京城無佞府。

第十八章 六郎興兵救駕

八大王顧不得等僕人通報，直接進入無佞府，見了令婆就說：「皇上現在被困在魏城之中，這正是六郎將功贖罪的好機會，請令婆快把六郎找來，共同商量救皇上的大事！」

人死不能復生，難道令婆有讓人起死回生的本事嗎？但是眼前走進廳堂的不是楊六郎又是誰？

楊六郎見到八大王，立刻屈膝跪下，朝他深深一拜：「您的大恩大德，楊六郎這輩子也難以回報！」

八大王趕緊扶起楊六郎，說：「要不是丞相寇準的計畫周詳，讓胡延贊與汝州太守在牢獄中挑選長相和你相似的死囚代替，藉此瞞過皇上的話，恐怕今天皇上被困魏城的險境就真的無人能解救了。」

「朝廷養我，就像養一匹馬，需要我的時候就對我好；不需要我的時候，就把我宰了當食物。唉！狡兔死，走狗烹。」楊六郎臉上盡是掩不住的失落。

令婆馬上嚴肅的對楊六郎說：「六郎，雖然朝廷對

楊家有虧待，但八大王對我們卻有許多恩情，怎麼能忘記他對我們的再造之恩？事到如今，你如果不前去救駕，那不是陷害八大王於不義，也讓楊家背負不忠的罪名嗎？」

「皇上被困在魏城已經很多天了，狀況非常危急，今天我帶著赦免令前來，你應該要盡力救駕，以表示你的忠心啊！」八大王眉頭深鎖，擔心楊六郎因為真宗之前一再的誤解而不願意相救。

楊六郎爽朗一笑，眼神堅定，說：「保護皇上本來就是我該做的！」忽然他收起笑容，為難的說：「但是我聽說佳山寨的人都已經離開了，請准許我去把那些人找回來，一起努力，這樣才能夠成功救出皇上。」

「情況危急，你快去找回他們，然後前往魏城。我也去召集各地的軍隊和你會合，夾攻遼軍！」八大王說完，兩人便分頭進行。

楊六郎先前往鄧州尋找焦贊，卻聽到焦贊已經逃離鄧州的消息。原本他打算轉往佳山寨，途中卻遇到一群和尚，口中抱怨連連。

楊家將演義

「唉！那個瘋漢老是喊著有個將軍被朝廷冤枉殺害了，所以要我們去念經超渡，如果不去的話就要放火燒寺，屠殺和尚，聽說就連官兵都拿他沒辦法，我們還是乖乖的去吧！」

「聽說他曾經是鎮守佳山寨的將領，現在怎麼會變成這麼狼狽的模樣啊？」

楊六郎直覺和尚所說的瘋漢應該就是焦贊，因此開口詢問：「師父，不知道你們所說的那個人目前人在什麼地方？是不是可以帶我一起去呢？」

「帶你去是沒什麼問題，不過這瘋漢生起氣來就要殺人，我勸你還是不要冒險吧！」一名和尚好心勸他。

楊六郎笑著說：「沒關係！還麻煩你們帶路了。」

和尚們不再堅持，帶著楊六郎到鄧州城西的一間小屋子。楊六郎一進門就見到焦贊睡在神桌上，鼾聲如雷，他笑著搖了搖頭，走上前叫醒焦贊。焦贊無緣無故被吵醒，怒火中燒，大罵：「是哪一個不怕死的打擾本大爺睡覺？」爬起身就是一拳，楊六郎閃身躲過，斥喝：「焦贊，不得無禮！」

「咦？這聲音怎麼那麼像楊將軍？」焦贊定睛一看，竟然真的是楊六郎，馬上高興的跳下神桌，抱著

楊六郎又叫又跳，還不停念著：「這群和尚念的什麼經還真有用，竟然把將軍給念回來了！」接著在楊六郎身上這兒摸摸，那兒瞧瞧，嘴裡嚷著：「將軍到底是人是鬼啊？」

　　「大白天的哪有什麼鬼？」楊六郎對焦贊的反應感到好笑，他將事情經過簡單交代後，就直接說出目的：「現在皇上有難，你快和我一起找回其他的人，然後前往魏城解救皇上！」

　　焦贊拍手大笑，忘情的摟著楊六郎的肩膀，說：「沒想到還有機會再和弟兄們一塊兒殺敵，我真是太高興了！走，我們立刻去找我們的好弟兄！」

　　楊六郎知道焦贊是真心的感到開心，因此對他無禮的行為也不以為意。

　　快馬朝佳山寨奔了幾天幾夜，兩人非常疲憊，便想找個地方休息用餐，卻怎麼找也找不到酒店。突然見到一人挑著一些酒肉，焦贊聞到香味，不禁抹了抹口水，開口問：「大哥，賣我點酒肉吧！」

　　「這些酒肉是要祭神用的，不賣！」那人連連搖手，拒絕了焦贊的要求。

　　「祭什麼神？不如拿來祭我的五臟廟比較實在吧！」焦贊不以為然。

　　那人說：「那可不行！前面有個楊六郎將軍廟，非常靈驗，我們村莊多虧有楊將軍的保佑，一直沒有災難，而且不管什麼事，只要拜託他，沒有不應驗的。今天剛好有廟會，所以可要趕快去祭拜才行。」

　　「楊六郎將軍廟？」焦贊覺得好笑，回頭看了楊六郎一眼。楊六郎起身，暗示焦贊一起去探個究竟。跟著那人拐了個彎，果然看見一座高大威嚴的廟宇，大殿中央立了一座楊六郎的塑像，旁邊還有焦贊、孟良等人，每尊塑像都已經被燻得焦黃，可以想像香火十分鼎盛。

　　焦贊大笑：「人還活著，拜什麼拜！」他跳上神桌，

用力把楊六郎的塑像推倒，在廟裡上香的信徒們看到有個壯漢鬧事，嚇得紛紛走避，廟中的警鐘也頓時響個不停。突然一隊人馬衝進大殿，眼看衝突正要爆發，楊六郎眼尖，認出對方是自己從前的部下，大喝一聲：「我楊六郎在這裡，你們不要輕舉妄動。」

眾人被這聲音嚇得一愣，認出是楊六郎後，議論紛紛：「果然是楊六郎將軍！」「楊將軍沒死！」

楊六郎把詐死一事稍微說明後，追問岳勝、孟良的下落，其中一人稟告：「岳勝、孟良帶著部下上了太行山，又當起盜賊，專門搶劫過路的人。」

「唉！我不在，你們就這樣為非作歹！隨我上太行山找岳勝和孟良吧！」楊六郎嘆了一口氣，帶領眾人前往太行山。

一行人來到山腳下，已經是黃昏時分，天色漸黑，為了避免因視線不佳而誤傷彼此，楊六郎決定在山下的村莊借宿一晚。只見莊內張燈結彩，卻沒有歡樂氣氛，一位老人心事重重，唉聲嘆氣的坐在一角。楊六郎覺得奇怪，問起原因，老人長嘆一聲：「唉！還不是因為太行

楊家將演義

山上的孟良，他聽說我有一個女兒，就要來強娶，還威脅如果我不乖乖聽話，他就要放火殺人，讓村裡不得安寧。沒有辦法，我只好犧牲我家女兒……」說到這兒，老人已經泣不成聲。

「原來是孟良！」楊六郎笑著說：「老伯請放心！我和孟良是老朋友了，今晚我保證你平安無事！」

焦贊在一旁也忍不住說：「這孟良老弟真不知道害羞！今晚就讓我們好好的整他一下。」

到了深夜，突然鑼鼓喧天，孟良帶著一群小嘍囉歡天喜地的前來迎親。他大搖大擺的走入大廳，得意洋洋的坐著，吆喝著要老人將女兒帶出來成親。楊六郎與焦贊在窗後偷看，看到孟良這麼囂張放肆的行為，焦贊忍不住挽起袖子說：「讓我出去打斷他一條腿，看他還做不做得成新郎？」大步一跨就衝了出去。

焦贊一腳踢翻桌子，雙手抱住孟良，孟良沒想到會有人衝出來，一時沒有防備，被壓坐在椅子上，動彈不得，小嘍囉也被焦贊突如其來的舉動唬得一愣，來不及

反應。

　　這時，楊六郎走進大廳中，怒斥：「孟良，你不顧禮義，竟然強娶人家女兒，真是無恥！」

　　「孟良，快張開你的驢眼，看看眼前的人是誰。」焦贊拍拍他的頭，讓他回神。

　　孟良這才發現原來是楊六郎與焦贊，慌忙跪在楊六郎面前，不可置信的大喊：「將軍，真的是您？您不是已經……」

　　楊六郎拉起孟良，笑說：「這事慢慢再說給你聽。皇上被困在魏城，情勢緊急，我們快到太行山找岳勝，一塊兒去救駕。」

　　一行人上了太行山，早就從小嘍囉口中得知消息的岳勝急忙的前來迎接。岳勝聽完楊六郎的遭遇，氣得咬牙切齒：「皇上相信小人的話，想要殺害將軍，您何必去救那無情無義的人，不如跟我們一起在這裡當山大王，不是更快活嗎？」

　　「我楊家世代忠誠，怎麼能因為我而毀掉好名聲？就算是山大王，也不過是一個盜賊罷了，未來還是會留下不好的惡名，遺臭萬年！況且八大王對我恩重如山，陛下也只是一時被小人欺騙。既然我身為大宋臣子，就應該盡忠，報效國家。」楊六郎說得鏗鏘，眾

楊家將演義

人知道他心意已決，便不再多說。

　　楊六郎又吩咐孟良、岳勝尋回陳林、柴敢等部下，沒幾天，過去的部下們就全數前來報到。楊六郎整頓軍隊後，揚起威震北方的楊家旗，領著遼軍聞之色變的楊家將，火速奔向魏城。同時，八大王帶著十萬大軍也風塵僕僕的趕來。

　　楊家將威風凜凜的來到魏城外數十里處，與八大王的十萬大軍會合，就地紮營。隔天，楊六郎派岳勝帶領五千兵馬，先急速進攻，讓遼軍措手不及，重挫他們的銳氣。岳勝與一隊遼軍狹路相逢，兩軍交戰，岳勝舞起大刀殺入敵軍，遼將雖然用盡全力抵抗，仍然不敵岳勝的神武勇猛，逃之夭夭，岳勝還救回先前戰敗被捉的胡延贊。楊六郎乘勝追擊，兵分三路，向包圍魏城的遼軍攻去。

　　蕭天佐聽到楊六郎帶著救兵前來的消息，大笑說：「今天又是找了誰來冒充楊六郎啊？我這次不會再上當了！」下令各營準備迎敵。

　　遠方楊家旗隨風飄揚，數不清的兵馬如風雲般席捲而來，腳步踏得大地也在震動。孟良、焦贊左右夾

攻，提著大刀衝入遼軍，殺了一會兒，手上已經提了好幾顆頭顱。兩人殺得興起，扔開手中頭顱，又在遼軍中橫衝直奔，如入無人之境。

岳勝舉起大刀，就朝遼將而去，看見遼軍朝自己蜂擁而來，轉過馬匹，使勁一揮，竟然砍倒一隊遼軍。陳林、柴敢帶兵包圍了遼軍，楊六郎也催動大軍殺了過去。宋遼兩軍短兵相接，南北激烈交戰，戰鼓連天，喊聲不絕，分不清是宋是遼。

不久，遼國大將蕭天佐被射傷，土金秀也身中數槍，無法再戰；其他遼軍死的死，傷的傷，數量更是難以估算，遼軍被殺得四散，紛紛逃走。

確認遼軍不會再回頭攻擊後，八大王就帶著楊六郎等人進入魏城拜見真宗。八大王說：「幸虧有陛下保佑，楊六郎率軍前來救駕，已經殺得遼軍潰不成軍，逃回遼國。」

「臣救駕來遲，還希望陛下開恩。」楊六郎低垂著頭，拱手跪下。

真宗扶起楊六郎，說：「朕能夠脫離這一次的危險，全仰賴將軍啊！今天你救駕的功勞最大，等朕回到京

城，一定會好好賞賜你。」

　　依照功勞大小，<u>真宗</u>對救駕有功的人一一進行封賞，對楊六郎的賞賜更是豐厚，不僅恢復他的職位，還賦予他擁有不必上奏請旨，就可自行斬殺罪人的權力，可以說是尊崇到了極點。

第十九章　王欽回幽州

　　魏城一戰才剛結束，宋與遼又立即在九龍谷展開一場充滿詭異氣氛的大戰。原來是真宗想乘勝大破幽州，滅了遼國，想不到遼國卻好像有神助一樣，擺出了「南臺七十二天門陣」，連令婆和楊六郎都無法破陣。但令人意外的是楊宗保竟然遇到一名婦人贈予兵書，經過婦人指點，楊宗保茅塞頓開，對兵書的內容更是瞭若指掌。到了九龍谷後，他竟然知道如何破陣，便由他擔任征遼破陣大將軍，指揮大軍，再加上一名奇人異士在此時投靠了大宋，互相配合之下，不僅破了陣法，還殺得遼軍落花流水，狼狽不堪的逃回幽州。

　　九龍谷大勝，楊六郎與部眾返回佳山寨，其餘眾將士護衛真宗回到京城後，各自返回他們的駐地。真宗不免又是賞賜連連，其中最受矚目的當然是年紀輕輕的楊宗保，這讓王欽恨得牙癢癢的。沒想到還沒除掉楊六郎，竟然又來了個楊宗保，這下王欽可得再花費一番功夫對付楊家了！

王欽又使出了他的三寸不爛之舌，遊說真宗：「陛下，九龍谷一戰可以說是重挫了遼國士氣，可惜微臣沒有機會盡心盡力，以回報陛下對我的恩情。微臣認為經過了這次大戰，遼國想必深深畏懼大宋國威，因此陛下可以降旨勸遼國趕快投降，免除未來他們侵犯邊境的可能性。如果陛下信得過我，臣願意前往遼國說服他們投降，才不枉費您對微臣的厚愛！」

　　這段話說得合情合理，也說得真宗心裡順暢無比。「你肯冒險前去說服他們投降，真是忠心為國啊！朕馬上下旨，就派你去幽州吧！」

　　王欽萬分欣喜，高聲謝恩，立即動身前往幽州。不過他想如果經由佳山寨，一定會被楊六郎阻攔，而且楊六郎有斬殺自由的權力，假使被他捉到恐怕性命就不保。因此他渡過黃河，繞遠路往幽州而去。

　　王欽一到幽州立即面見遼太后，所有的大臣都在殿上。王欽跪下叩頭：「臣賀驢兒拜見太后，千歲千歲千千歲！」

　　「你真的是賀驢兒？」遼太后不太相信，畢竟賀驢兒化名王欽進入大宋已經有許多年，身形和長相都有了改變。

　　「臣真的是賀驢兒！十八年前臣假扮成宋朝的讀

楊家將演義

書人，幸運的沒有辜負太后的器重，有機會待在宋朝皇帝身邊。今天終於能夠回到遼國，見到太后健康平安，臣的內心感到萬分欣喜！」王欽恭敬的回答。

遼太后還是半信半疑，「來人啊，脫下他的鞋襪，看他的左腳心是否刺有硃砂紅字『賀驢兒』三字。」鮮紅的硃砂紅字端正的刺在王欽的腳上，遼太后確定了他的身分，先是一喜，接著收起笑臉，大罵王欽：「賀驢兒，你進入大宋朝廷多年，沒有建立任何功勞。幾次交戰，我國損兵折將，你卻是在那邊享盡榮華富貴，如魚得水啊！」

王欽嚇得拜倒在地，忙說：「太后，不是臣貪圖享樂而沒有盡心盡力啊！只是幾次的大好機會都被楊家破壞，所以……」他抬起頭來看著遼太后，繼續說：「不過，這次臣冒險回來，除了面見太后以安慰多年對太后的思念外，還有一條計策要獻給您，相信一定能讓大宋臣服！」

遼太后聽到這裡，臉上才又出現了笑容：「你有什麼好計策呀？」

「經過九龍谷一戰，京城裡擅長打仗的人都已經派到各地去

了，朝廷中只剩下十位大臣，宋朝皇帝十分仰賴他們。」
見遼太后微微點頭，王欽繼續說：「太后可以寫一封詐
降書給大宋，說是臣官職太小，不夠分量，不值得信
賴，要十位大臣親自到飛虎谷接受降書，以作為未來
的依據，彼此絕對不開啟戰事，讓邊境永保和平。等
宋朝大臣一到……」王欽露出奸詐的笑容，遼太后也
聽懂了他的意思，連連點頭。

　　「到時候，就可以威脅宋朝皇帝和您平分天下，
答應的話才放回大臣們，我想宋朝皇帝為了幾位大臣
的性命著想，不得不答應請求。如果得到大宋一半的
土地，到時候太后想要拿下大宋，這有什麼困難的呢?」

　　遼太后覺得王欽說得十分有道理，立刻吩咐所有
人依照計畫行動，並寫好一封詐降信交給王欽帶回京
城，另一方面則派耶律學古為宋朝大臣們安排一場不
懷好意的「鴻門宴*」。

楊家將演義

　　當遼國君臣沉醉在王欽所勾勒出的美景，幻想大
遼即將征服大宋時，殿上有一人雖然掛著笑容，心中

---

*鴻門宴：楚、漢相爭時，項羽駐軍鴻門準備攻擊劉邦。劉邦害怕得前往陪罪，
　項羽擺設宴席款待他。宴會中項莊舞劍想刺殺劉邦，幸虧得到項伯協助，劉
　邦屬下樊噲及時進來解危。後指暗藏陰謀詭計的宴會。

情緒卻是波濤洶湧，他是遼國駙馬——木易。木易回到住處，仍然是眉頭深鎖，心事重重的樣子，這個反常的模樣當然逃不過結婚多年的妻子瓊娥公主的眼睛。

「駙馬為了什麼事情這麼煩惱呢？」公主溫柔的嗓音讓木易的思緒更加混亂。

木易勉強擠出笑容，回答：「沒什麼事，公主請放心！」

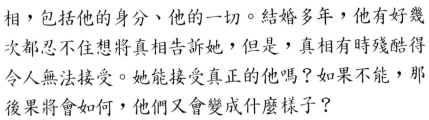

公主再問：「真的是這樣嗎？」

木易的笑容垮了下來，沉默不語，考慮著是不是應該告訴公主事情的真相，包括他的身分、他的一切。結婚多年，他有好幾次都忍不住想將真相告訴她，但是，真相有時殘酷得令人無法接受。她能接受真正的他嗎？如果不能，那後果將會如何，他們又會變成什麼樣子？

他專注的望著公主，發現她深邃的眼眸中透出堅定、支持的訊息。木易深吸了一口氣，對公主說：「公

楊家將演義

主，妳知道我是大宋投降的將領，但妳可知道我是……」木易一句話哽在喉頭，說不出口。

公主只是微笑堅定的看著木易，並不開口催促。木易接著說：「其實我是楊令公四子楊四郎。當初被活捉到遼國，本來抱著必死決心，但是得到太后賞識，要將公主嫁給我。我想不如活著留在這裡，找機會報復，於是假稱姓木名易，與公主成親。」楊四郎一口氣說完，靜靜觀察著公主臉上的變化。公主的笑容雖然收了起來，但是卻看不見一點生氣的樣子，或是驚訝的表情。難道公主早就知道駙馬的真實身分？

「果然被我猜中了一些。每次傳來與宋朝交戰的消息，你總是比誰都關心，要是聽到宋朝將士傷亡情形，你的眼中會露出無限哀傷，這些微妙的情緒，別人看不出來，但是，我是你的妻子，怎麼可能會沒有發現呢？只是，沒想到你竟然是我大遼冤家、楊家猛將。」公主淡淡的說出對他長久以來的觀察。

楊四郎見公主沒有太大的反應，於是壯著膽子，將心中想法全部說出口：「今天賀驢兒的計謀如果成功，大宋江山將會失去大半，我怎麼能袖手旁觀？而且我在遼國這麼多年，父親過世我無法奔喪，母親健在我卻無法問安照顧，我實在是不忠不孝！我想趁這

個機會，返回大宋，一來以安慰我多年的思親之苦，一來也可以通報大宋提防賀驢兒這奸人，以盡我微薄的忠孝心意，還希望公主成全！」

公主心裡情緒極為複雜，沉默許久，才緩緩開口：「你在遼國生活了那麼多年，太后對你不薄，甚至把你當作自己的孩子一樣對待。你要盡忠，可曾想過要忠於遼？要盡孝，可曾想過對你如親生母親的太后？你受我大遼恩惠，卻為宋朝憂煩苦惱？」這些話說得楊四郎無言以對。

一片靜默後，公主像是對著自己說話一般：「同樣身為人臣、人子，如果換成是我，我也會做這樣的舉動嗎？我會無視於我的國家陷入危機嗎？我會完全不顧生我、養我的父母嗎？我、會、嗎？駙馬有這樣子的想法也是人之常情？」楊四郎將公主的話一字不漏的聽了進去，她的體貼更是讓他慚愧。

公主的眼光從遠方收了回來，停在楊四郎的身上，堅定而溫柔的說：「你的心意我都懂！今天我願意幫助你完成回到大宋的心願，我可以向太后要來令箭，讓你能夠一路通行無阻。但也請你記得太后的恩情，顧及我也是身為人臣、人子的處境，請不要忘記大遼也是你的家！」

楊四郎無限感激，卻一聲謝也說不出口。

回鄉的路竟然如此遙遠，相隔了那麼多年，楊四郎再度踏上大宋土地，呼吸著故鄉的空氣，身邊的一切卻已經和從前大不相同了！楊四郎見到了令婆，不敢相信眼前這滿頭花白頭髮、一臉風霜的人就是自己的母親。楊四郎雙膝一軟，跪在地上：「孩兒不孝，讓母親擔心了！」隨著滿滿的思念話語的，是兩行早已經忍不住的眼淚。

令婆淚眼婆娑的扶起楊四郎，說：「回來就好！回來就好！」千言萬語化作串串欣喜的淚珠，爬滿眾人的雙頰。

楊四郎抹了抹從不輕易落下的淚，將這些年來發生的事說給眾人聽，更重要的是將王欽的真實身分與他的計謀一五一十的告訴令婆。

「難怪這王欽老是不管大宋的安危和利益，在皇上面前隨便獻計、陷害忠良。他這個惡毒的計謀得趕快告訴皇上才行。」令婆恨不得立刻拆穿王欽的真面目，但冷靜下來，轉念一想後覺得不妥，又說：「但是，陛下非常信任王欽，只憑四郎的幾句話，陛下恐怕不會相信王欽就是大遼間諜，不如先告訴八大王，再做

打算。」於是立刻派人通知八大王。

匆匆交代所有事情後，楊四郎不得不踏上返遼的路途。令婆雖然不捨，但還是留不住楊四郎的腳步，只能任由他的身影，在眼中模糊，直到消失。

第二十章 飛虎谷鴻門宴

令婆的消息還是來晚了一步，真宗早在王欽的漫天謊言下，欣喜的派遣十位大臣遠赴飛虎谷接受遼國降書。八大王、寇準等人無法抗命，只得商量在經過佳山寨時，向楊六郎借兵一起同前往。一抵達佳山寨，八大王將來龍去脈交代清楚後，楊六郎便定下計謀，要岳勝、孟良等二十名大將扮做挑夫，各挑一口箱子，裡面藏有兵器，以備不時之需。

來到飛虎谷，耶律學古見八大王等人與隨行士兵們依照約定不帶兵器，心中暗喜，殷勤的歡迎宋朝大臣進入營寨。宴席間，耶律學古竟然命令部下奏樂舞劍，八大王立刻冷下臉來，說：「雙方約定好不帶任何兵器，現在你又要人舞劍，這如何說得通？」

耶律學古還沒回答，孟良就忍不住站起來，說：「一個人舞劍不好看，兩個人對舞才美。我願意和他對舞，請拿劍來。」耶律學古有意試探，要部下遞給孟良一把劍，孟良接過劍後二話不說，揮劍向前。

耶律學古見孟良氣勢逼人，看起來十分英勇，怕舞劍的遼將不是對手，趕緊說：「兩人舞劍，恐怕會傷了兩國之間的祥和，不如改以射箭取樂吧！」接著露出一副自以為是的表情，說：「要是比一般的射箭，實在沒什麼看頭。不如將人綁在柱子上，由對方連發三箭，如果有辦法躲過，那才是真正的高手啊。」

　　孟良一聽，覺得有趣，便神情輕鬆的答應了。他被牢牢綁住，遼將將弓拉到最滿，搭上利箭就要射來，一旁的人看得膽戰心驚，孟良卻一點兒也不緊張。第一箭來勢凶猛，孟良頭微微一側，竟然張口咬住，「呸」的一聲吐掉箭時，還得意的朝遼將笑了一下；第二箭發來，孟良頭一偏，輕輕巧巧的避過；第三箭筆直朝著他的胸口而來，孟良無處可躲，所有人以為他就要命喪箭下時，只聽見「鏘」一聲，箭卻掉落在地，孟良毫髮無傷。原來是他胸口藏有一塊護心鏡，為他擋掉了這要命的一箭。

　　這會兒輪到孟良大展身手了！孟良故意連續二箭都偏離目標，遼將以為他只會舞劍不會射箭，便心生大意，鬆懈了防備。孟良見機會難得，迅速的射出第三箭，遼將還來不及反應，箭尖已經射穿喉嚨，一命嗚呼。

耶律學古見到部下被射死，大叫：「你們好大的膽子，說好前來講和，卻故意射死我的部下？來人啊！將他們全數捉起來！」四面八方忽然湧出數百名遼兵，焦贊、岳勝等人趕緊拿出刀槍準備迎戰。

雖然大宋將領個個以一擋十，但是寡不敵眾，所有人只能奮勇殺出一條血路，希望能安全脫困，沒想到衝到谷口，遼國卻已經安排了弓箭手埋伏等在這裡。一看到他們的身影，遼軍密密麻麻的飛箭立刻射去，讓眾人無法離開，只好又退回谷中。

被圍困在飛虎谷的焦贊等人急忙商量對策，最後決定由孟良獨自一人趁遼軍不注意時騎馬衝出，向楊六郎搬救兵去了。

耶律學古並不進攻，只是守著谷口，他打算等待，等待那些已經成為獵物的人活活餓死、渴死。就在他打著如意算盤的時候，有人提出了不同看法，建議說：「雖然守住谷口，我們不用花費任何力氣就可以殺了他們，但是時間一久，難保消息不會傳回大宋，到時候如果宋朝派兵來救他們的話，恐怕會壞了我們的大事。不如請太后親自率領大軍前來，然後殺進飛虎谷，將那些人全部捉起來。這樣一來，既可以保證萬無一失，又能顯示大遼威風；二來計畫成功之後，您就成

為太后面前的大紅人啦！」

這話簡直說到耶律學古的心坎裡，他大笑說：「哈哈哈！你說得真有道理！」他立刻派人向遼太后建議。

遼太后雖然十分贊同耶律學古的想法，但是自從魏城戰敗、天門陣被破之後，能用的大將已經不多，朝廷裡人才不足，遼太后望了望文武大臣，嘆了口氣，說：「唉！如今善於打仗的將領非死即傷，我想還是別輕舉妄動吧！」

「太后如果有意前往飛虎谷，我願意拚死保護您。」金殿下忽然有一人出聲，遼太后轉頭看去，原來是駙馬木易——也就是楊四郎自願出征。

「太好了！」不曉得楊四郎真實身分的遼太后非常高興，立刻命令楊四郎為大將軍，她則親自率領十五萬大軍，浩浩蕩蕩的前往飛虎谷。抵達飛虎谷後，遼太后將軍隊分成兩部分，一部分由楊四郎帶領，駐紮在南邊；另一部分則由耶律學古領軍，駐紮在北邊，準備夾攻飛虎谷。

暗自為眾人擔憂的楊四郎心想：「他們被困在飛虎谷好幾天了，既沒有救兵，谷內又沒有

楊家將演義

糧草及食物，早晚都會餓死。明天中午過後，幽州將會運二十車的糧草前來，不如……」想到這裡，楊四郎立刻提筆寫了一封信，告訴八大王等人，要他們可以埋伏趁機搶劫糧車，暫時撐過一段時間，假如遼軍要出兵攻擊，他會想辦法阻止。

　　楊四郎將信綁在箭上，趁四下無人時，一箭射入宋營，正好被巡邏守備的孟良發現，趕緊把信帶回去。八大王得知這是楊四郎偷偷傳來的消息，大為讚賞：「楊家一門，果然都是忠臣義士啊！」

　　隔天，八大王依照楊四郎的計謀，果然成功搶到糧草。耶律學古得知糧草被奪，非常生氣，趕緊找楊四郎討論：「那些可恨的傢伙竟然搶走我們的糧草，實在是太過分了！我今天特地來請駙馬明天和我一起出兵，將他們殺得一個不留，否則難消我心頭之恨！」

　　楊四郎馬上反對：「他們每個人都是驍勇善戰的猛將，如果我們逼得急了，他們必定會拚死殺出來，到時候只是白白增加我們的傷亡罷了。再說，僅僅二十車的糧草，夠他們撐多久？依我看，只要困住他們，不用幾個月的時間，我們就可以不費吹灰之力的把他們一網打盡了。況且太后的意思是要活捉宋朝大臣，與宋朝皇帝換取他們的土地，所以我們何必多費力氣

的殺入谷中呢？」

　　耶律學古聽了也覺得有些道理，便不再堅持出兵，退出營帳，回飛虎谷北邊守備了。

　　就這麼對峙了好一段日子後，楊四郎得到消息：真宗派遣楊宗保為元帥，胡延贊為監軍，孟良為先鋒，率領五萬大軍來救，便趕緊向遼太后報告。遼太后分配好攻防工作後，眾人各自按照命令前去迎戰。

　　耶律學古遠遠望見迎面而來的竟然是一個和尚，原來是楊五郎率領一隊武僧前來相助。耶律學古輕哼一聲，派出一名大將提槍直向楊五郎奔去。遼將槍槍都想致楊五郎於死地，楊五郎揮舞著大斧，招招擋了回去，他越戰越勇，遼將開始感到有些吃力，立即轉身回營。楊五郎幾聲冷笑，正想追上去好送遼將歸西，忽然一把方天戟從後方襲來，楊五郎側身躲過，正想劈了那名偷襲他的遼將，眼角餘光瞧見又有一人揮刀殺了過來，連最初那個舞槍的遼將也轉回攻他。

　　楊五郎舉起大斧，左擋右劈，雖然他武功高強，但在三名遼將連續猛攻之下，卻也有些敵不住了，四周又是團團遼軍，怎麼殺也殺不完。眼看楊五郎就要死在人海攻勢下，情況正萬分危急時，忽然西南方沙

塵飛揚，喊聲大作，一隊兵馬如狂風暴雨般降臨，立即朝遼軍殺去。幾名騎馬的將領經過之處人頭齊飛，一下子就殺到了楊五郎身邊。

「哈！沒想到你們就是救兵啊！」楊五郎看清了他們的臉孔，不禁大笑。原來帶兵前來救援的正是楊宗保、八娘與九妹。

遼軍打不過訓練有素的楊家軍，死傷慘重；幾名遼將也前後命喪在槍法出神入化的楊家將手下。看見遼軍大敗，遼太后嚇得趕緊跳上馬想逃回幽州，沒想到身後忽然殺出一隊宋朝兵馬，竟然是楊六郎親自率軍前來追擊遼太后。楊四郎吩咐耶律學古保護遼太后直奔幽州，並說自己要留下來阻擋楊六郎。

楊六郎原本想趁機奪下幽州，解決大遼這個威脅，卻看見楊四郎獨自前來。楊六郎吩咐眾人讓開，不准靠近楊四郎後，便上前與楊四郎說話。

楊家將演義

「六弟，我有一個計畫。我與你假裝交戰，你先裝作打不過我，快回飛虎谷解救被困的大臣們比較重要，我再回去遼國當你們的內應，找機會幫助你們。」看見楊六郎微微點頭，楊四郎提起銀槍，就和楊六郎打了起來。遼軍看到楊四郎這麼勇猛，大受激勵，也紛紛衝來。楊六郎假裝不敵，便下令鳴金退兵。

楊四郎並沒有追擊，帶著遼軍回到幽州，並立刻去面見遼太后。

　　「平安就好。不過大宋將領那麼厲害，你怎麼有辦法突破他們的包圍呢？」太后十分關心，也好奇他如何脫困。

　　「多虧太后保佑，我們奮力殺退他們，他們怕有更多傷亡就退兵了，所以我們才能安全離開。」楊四郎又說：「我聽說楊六郎囂張的揚言要來攻下幽州。不過，太后請放心，幽州十分堅固，易守難攻，加上我們大遼有那麼多武士兵馬，只要好好安排，相信一定能把他們殺得片甲不留。」

　　遼太后看駙馬這麼有信心，安心不少，臉上終於露出笑容。

第二十一章　六郎破幽州

　　楊六郎照著楊四郎的計謀，假裝逃走，火速返回飛虎谷解救被圍困的眾人。八大王等人終於等到援軍，焦贊、岳勝等人從谷中殺出，楊六郎率領大軍夾擊，遼軍腹背受敵，紛紛逃走。

　　眾人會合後，楊六郎吩咐紫營、一一記錄將士們的功勞，接著馬不停蹄的與幾位將領進入八大王的營帳，共同商量擊退遼軍的計畫。

　　八大王被困在飛虎谷多天，面容雖然憔悴，卻難掩喜悅：「楊家將果然威震四方！要不是四郎暗中幫忙，我們早就餓死；要不是孟良前去求救，又怎麼會有援軍？要不是六郎與宗保及時前來，我們又要如何脫困？不過五郎怎麼會知道我們被困在飛虎谷，還特地前來解救呢？」

　　孟良不好意思的摸摸頭，回答：「我衝出谷口之後，心想如果去向六郎將軍求援，還得要上奏朝廷，請皇上批准後才能發兵。這一來一往，想必得耽誤不少時

間，所以我想說五臺山離飛虎谷比較近，情況又這麼危急，我就先上五臺山請五郎師父幫忙，然後再去向六郎將軍報告。還好皇上很快就准許了六郎將軍的請求，不但讓六郎將軍領兵來救，還特地派楊宗保將軍、胡延贊監軍前來相助。」

「就知道你上五臺山肯定沒什麼好事，別老是來打擾我修行。這次我回五臺山後，拜託你不要再上來，我可不想再見到你了！」楊五郎故意取笑孟良，眾人忍不住哈哈大笑，戰爭的緊張氣氛也緩和了不少。

只有楊六郎放心不下，對八大王說：「遼軍才剛打了敗仗，士氣低落，士兵損傷也十分慘重，我們如果帶著軍隊剛打贏的高昂氣勢進攻，加上有我四哥作為內應，我想趁這個難得的機會打下幽州。只是……」

「你說得很對，如果能把握這個機會，我們一定能輕易的徹底打敗大遼。不過，不知道你心裡顧慮的是什麼？」

「只是……沒有皇上的命令，怎麼能夠擅自做主，進攻幽州？如果以後皇上聽了什麼話，怪罪下來，恐怕我又得刑罰加身，甚至人頭落地呀！」深刻體會什麼叫「兔死狗烹」的楊六郎，言語之間不免對真宗有些不滿與抱怨。

八大王微笑，拍拍楊六郎的肩膀，說：「原來你擔心的是這個啊！放心吧，一切有我負責，皇上那邊我會去說明清楚的。」接著他收起笑容，立即下令：「眾將士聽令，遵從楊六郎將軍的指揮安排，如果有不服從命令的人，以軍法處置，絕不寬容！」

楊六郎抱拳謝過八大王後，命令岳勝、孟良、焦贊三人帶兵先出發，楊宗保、八娘、九妹則隨後跟上，胡延贊則率領一萬兵馬保護八大王與幾位大臣，隔天一早就往幽州出發。

大宋軍隊如風一般的席捲而來，沒幾天已經在幽州外擺好陣勢。

楊四郎先命令四名大將迎戰，遼將氣勢高昂的殺了出去，遇上岳勝，兩方人馬交戰數回合後，四名遼將同時攻來，打得岳勝手忙腳亂。岳勝趕緊收刀後退，四人緊追不捨，都想殺了岳勝好建立功勞。忽然閃過一道銀光，一名遼將只瞧見對方是遼軍打扮的人，還來不及哼聲，便被斬去頭顱。另一名遼將發現是自己人下的手，不禁大吃一驚，愣了一下，結果被岳勝一

楊家將演義

刀砍成兩半。

　　焦贊、孟良急忙來援助岳勝，和剩餘兩名遼將正
面對上，四人刀來槍往、斧劈戟擋，激散出點點火星，
和岳勝對戰早已經耗去不少體力的兩名遼將，漸漸感
到力不從心，卻逃不開焦贊和孟良一招狠過一招的攻
擊，先後命喪在兩人刀斧之下。

　　楊四郎見手下大將被殺，沒有出兵迎敵，反而還
帶兵殺進幽州。原來那個砍殺遼將的，是楊四郎暗中
安排的人。

　　遼軍看到要進城的是駙馬，並未提防，等到發現
他身後跟著的是來勢洶洶的大宋軍隊，還來不及反應，
已被斬殺無數，頓時城內火光四起，哀鴻遍野。遼軍
死的死、逃的逃，更多的是棄械投降的人。楊六郎下
令禁止燒殺擄掠，重新整軍、駐紮，然後又派人前往
各地貼出公告，藉此安撫百姓的不安。一切安排好後，
才將八大王和宋朝大臣迎入幽州城中。

　　看到局勢已經被楊六郎掌控得差不多，楊四郎急
忙前往後宮，找到了慌亂得不知該如何是好的瓊娥公
主。公主一見到楊四郎，眼淚不停的落下，告訴他：

「太后聽說整個幽州都被宋朝大軍占據，她擔心如果被活捉，一定會遭受羞辱，所以已經自盡身亡了！這裡很危險，請你趕快離開吧！」

聽見遼太后的死訊，楊四郎滿臉愧意，看到他的表情，公主忽然懂了，顫抖著聲音問：「難道是你……」

楊四郎點點頭，承認是他當了內應，才讓幽州這麼快被擊破。公主腦門「轟」的一聲，好像被重重一擊，她不敢相信深愛的丈夫竟然毀了自己的國家。她盯著他好一會兒，才冷冷的說：「現在我的性命就任你處置了！」

楊四郎從沒聽過公主用如此冰冷的聲音對他說話。他扶起癱坐在地上的公主，滿懷歉意的說：「公主，請原諒我的自私，我真的無法背叛大宋！但是，妳不僅對我細心照顧，更是情深意重，這份情我永遠都會記得。我們夫妻多年的感情，我又怎麼捨得傷害妳呢？」他誠摯的看著公主，遲疑了一下，接著說：「如果……如果妳願意和我一起回去，我會用下半輩子的時間好好補償妳；不願意的話我也不勉強，但我絕對會保護妳安全離開，不會讓妳受到任何委屈。」

公主冰冷的心湖，吹進一股暖風，盪起陣陣漣漪，想到國破家亡，眼前似乎只剩下這同床共枕多年的丈

夫可以依靠了。她抬頭望著楊四郎，心中思緒百轉千迴，仍無法決定該怎麼做。

楊四郎見公主的態度不再像先前那麼強硬，才緩緩的說出他的打算：「當初我被活捉到大遼，得到太后賞識，不但沒有殺我，對我十分禮遇，還將公主嫁給我，完全不嫌棄我是個俘虜。現在太后自盡，她的恩情我已經來不及回報，我會請求八大王讓我將太后的屍首好好埋葬，免去一切可能的羞辱，讓她的靈魂能夠安息。」

聽到這兒，公主不禁淚如雨下，哽咽的說：「謝謝你對太后還有這份孝心，那麼一切就拜託你盡心處理了。」

「這是應該的！」楊四郎點頭答應，又問：「那……妳願意和我一起回去大宋嗎？」公主滿是淚光的眼中充滿肯定，楊四郎大喜，立刻帶著她前去拜見八大王。

兩人一見到八大王，立刻恭敬的跪了下去。「我在大遼隱姓埋名、苟且偷生了那麼多年，今天見到您，不禁感到萬分愧疚與惶恐。」楊四郎激動的朝八大王深深一拜。

八大王連忙扶起楊四郎，見到他身旁女子的裝扮，也大概猜到了她的身分，便開口請公主起身免禮。「如

果不是你當內應，今天我們怎麼有辦法大破幽州？這個功勞肯定勝過所有人，等回到京城，我一定請皇上給你重賞。」八大王說。

楊四郎說：「我不敢奢求皇上的賞賜，只是有一件事，還希望您能成全。」

八大王說：「有什麼請求，你說吧。」

「遼國滅亡，遼太后已經自盡，大宋與大遼彼此之間的怨恨也該消失了。所以我想請求您讓我將遼太后的屍首好好安葬，以報答她多年來對我的恩情。」楊四郎明白，遼太后是大宋的敵人，這個要求可能會讓自己的忠誠被懷疑，但是為了遼太后，為了公主，也為了對得起自己的良心，他還是說了。

沒想到八大王不但不生氣，反而還稱讚楊四郎：「你有這樣子的心意，真可以稱得上是仁人君子啊！我的確應該成全你。」於是下令厚葬遼太后。

平定遼國後，眾人便浩浩蕩蕩的往京城而回。

第二十二章　楊家將

　　大軍一路馬不停蹄的回到京城。真宗龍心大悅，除了賞賜有功將領外，又根據楊四郎的證詞明察暗訪，確定王欽是遼國奸細，將王欽處以死刑。

　　幽州被破，遼國已亡，大遼附近的城市紛紛歸附宋朝，各個外邦也畏懼大宋天子威名，心悅誠服；朝中奸臣盡除，眾人皆以楊家將為榜樣，忠心耿耿，為國為民。天下太平，百姓安居樂業，一片歡愉。

　　無佞府中更是不斷傳出笑聲，其中最開心的就屬令婆了。不僅楊六郎、八娘、九妹與楊宗保都平安歸來，連楊四郎也帶著他的妻子回來了。

　　楊四郎向令婆下跪，心中百感交集，又悲又喜的對令婆說：「不肖子被困大遼十八年，未盡孝道，實在該死。」

　　令婆搖搖頭，說：「起來起來！你說這什麼話。回來就好，回來就好！今天看到你回來，我高興都來不及了啊！」接著問：「你不是帶著妻子一起回來？趕快

帶來我瞧瞧。」

瓊娥公主往前一步拜見令婆：「婆婆萬福！」

令婆一直盯著瓊娥公主，讓楊四郎一顆心七上八下的，他戰戰兢兢的說：「瓊娥雖是公主，但是性格溫柔，孩兒在遼國時，承蒙公主看得起，細心照顧，對我情深意重。」

婆婆看媳婦，越看越滿意，令婆開心的說：「都說千里姻緣一線牽，這可不得不信啊！月老的紅繩繫著你二人，距離再遠也都把你們拉在一塊兒啦！就算是仇人，也變成情人了！」

楊四郎聽到令婆這樣說，才鬆了口氣，放下心中的大石頭。眾人看楊四郎比上戰場還緊張的模樣，不禁都笑了出來，八娘、九妹還抓住機會，好好糗了楊四郎一番，讓他更是窘得面紅耳赤了。

令婆看著一家子說說笑笑，不知不覺窗外明月已高掛天上，照著無佞府屋前屋後一片光明。

楊家將演義──忠肝義膽

看到忠烈的楊家多災多難,你是不是也提心吊膽呢?放鬆心情,思考下面的問題吧!

1.《楊家將演義》中充滿了許多英雄,你最敬佩哪一位呢?

_____

_____

_____

2.如果你是楊六郎,對於忘恩負義的真宗,你還願意為他效命嗎?說說看你的理由吧!

_____

_____

_____

_____

3.楊四郎受到遼太后的厚愛，並與遼國公主結為夫妻，最後卻助宋滅遼，你認同這樣的做法嗎？為什麼？

_____

_____

_____

_____

4.我們周遭多少都會有像潘仁美這樣為了自己的利益，而陷害別人的人。如果你被小人誣告而受到誤會，你會怎麼做呢？

_____

_____

_____

_____

_____

另有其他學習單，可到三民網路書店下載

國家圖書館出版品預行編目資料

楊家將演義／子衫編寫;杜曉西繪.－－初版一刷.－－
臺北市:三民,2011
面; 公分.－－(兒童文學叢書／小說新賞)

ISBN 978－957－14－5512－9 (平裝)

859.6   100011279

© 楊家將演義

編寫者	子衫
繪　者	杜曉西
責任編輯	林易柔
美術設計	吳立新
發行人	劉振強
著作財產權人	三民書局股份有限公司
發行所	三民書局股份有限公司
	地址　臺北市復興北路386號
	電話　(02)25006600
	郵撥帳號　0009998-5
門市部	(復北店)臺北市復興北路386號
	(重南店)臺北市重慶南路一段61號
出版日期	初版一刷　2011年7月
編　號	S 857540

行政院新聞局登記證局版臺業字第○二○○號

有著作權‧不准侵害

ISBN　978-957-14-5512-9　(平裝)

http://www.sanmin.com.tw　三民網路書店
※本書如有缺頁、破損或裝訂錯誤,請寄回本公司更換。